KB068393

별빛 너머의 별

별빛
너머의
별

나태주 지음

RHK
알에이치코리아

별을 그대 가슴에

나에게 희망이 있다고
말해주세요
나에게 내일이 있다고
말해주세요
나에게 사랑이 있을 거라고
말해주세요

왜 우리는 이런 작은 말에도
목이 메일까요?
그것은
우리 마음속에
이미 사라진 별이
손짓하기 때문입니다.

★ ★ ★

별빛 너머의 별. 언뜻 동의어 반복처럼 읽힐 것이다. 하지만 그렇지 않다. 별빛은 별빛이고 별은 별이다. 실상 우리가 밤하늘에서 만나는 별은 별이 아니고 별빛이다. 그러니까 우주의 어디선가 있었던 별이 보낸 빛을 우리가 보는 것일 뿐이다.

그것은 아주 오래전에 있었던 사건이고, 아주 멀리서부터 출발해온 과거의 흔적이다. 실체가 아니라 환상, 말하자면 가짜다. 다만 그것을 우리가 별이라고 믿어주기 때문에 별이 되는 것이다.

정작 별은 별빛 너머에 있다. 우리의 능력과 시간이 도달할 수 없는 미지의 공간에 있다. 그렇다고 별이 아주 없는 거라고 말해서는 안 된다. 어디까지나 별빛 너머에 별은 있다. 있어도 분명히 있다. 의심하지 말아라. 우리의 사랑도 그렇고 인생도 그러하리니. 우리 앞에 다가온 사랑과 인생도 그 표정 너머에 숨겨진 얼굴이 있다고 생각하자.

사랑 너머에 사랑의 실체가 있고 인생 너머에 인생의 본질이 있다고 생각하면 얼핏 포기하고 싶어도 쉽사리 그러지 못하리라. 사실 너머의 사실, 현상 너머의 또 다른 현상을 그리워하고 그것을 끝내 찾아가는 것도 우리의 지혜요, 용기다.

별빛도 좋지만 더 좋은 건 별이다. 그대 부디 별을 가슴에 안아라. 그러고는 별이 가짜가 아니라 진짜가 되기를 바라며 그대의 길을 가라. 그러노라면 그대의 인생도 가짜가 아니라 진짜가 되는 날이 있을 것이다.

2023년 신춘

나태주 씁니다.

차례

1부

꼬마전구에
반짝 불이 켜지듯

별 1

너무 일찍 왔거나 너무 늦게 왔거나
둘 중에 하나다
너무 빨리 떠났거나 너무 오래 남았거나
또 그 둘 중에 하나다

누군가 서둘러 떠나간 뒤
오래 남아 빛나는 반짝임이다

손이 시려 손조차 맞잡아 줄 수가 없는
애달픔
너무 멀다 너무 짧다
아무리 손을 뻗쳐도 잡히지 않는다

오래오래 살면서 부디 나
잊지 말아다오.

별 2

제비꽃같이
꽃다지같이

작고도 못생긴
아이

왜 거기
있는 거냐?

왜 거기 울먹울먹
그러고 있는 거냐?

개양귀비

생각은 언제나 빠르고
각성은 언제나 느려

그렇게 하루나 이틀
가슴에 핏물이 고여

흔들리는 마음 자주
너에게 들키고

너에게로 향하는 눈빛 자주
사람들한테도 들킨다.

꽃그늘

아이한테 물었다

이담에 나 죽으면
찾아와 울어줄 거지?

대답 대신 아이는
눈물 고인 두 눈을 보여주었다.

쾌청

참 맑은 하늘
그리고 파랑

멀리 너의 드높은
까투리 웃음소리라도
들릴 듯…….

꿈

네가 보이지 않아
불안해졌다

엉엉 소리 내어
울었다

눈을 떠보니
볼 위에 눈물이 남아 있었다.

제비꽃

눈이 작은 아이 하나
울고 있네
흐린 하늘 아래

귀가 작은 아이 하나
웃고 있네
해가 떴다고.

일요일

너 어디쯤 갔느냐?
어디만큼 가
바람을 보았느냐?
꽃을 만났느냐?
꽃 속에 바람 속에
웃고 있는 나
보지 못했더냐?

구름

구름 높은 구름
좋다 내 마음도 높이 떴다

구름 하얀 구름
좋다 내 마음도 하얗다

거기 너도 있다
좋다 너도 웃는 얼굴이다.

문자메시지 1

문자메시지 보내놓고
기다리고 기다리고 또
기다려도 오지 않는
밤················· 길다.

못난이 인형

못나서 오히려 귀엽구나
작은 눈 찌푸려진 얼굴

에계계 금방이라도 울음보
터뜨릴 것 같네

그래도 사랑한다 애야
너를 사랑한다.

풍당

어제는 너를 보고 조약돌이라고 말하고
오늘은 너를 보고 호수라고 말했다
어제 조약돌이라고 말한 너를 집어 들어
오늘 호수라고 말한 너를 향해 던져본다
이래도 말을 하지 않을 테냐, 풍당!

날마다 기도

간구의 첫 번째 사람은 너이고
참회의 첫 번째 이름 또한 너이다.

선물 가게 1

줄 사람도 만만치 않으면서
예쁜 물건만 보면 자꾸만
사고 싶어지는 마음.

가을밤

너 없이 나 어찌 살꼬?

나무에서 나뭇잎
밤을 새워 내려앉는데

나 없이 너 어찌 살꼬?

밤을 새워 별들은
더욱 멀리 빛이 나는데.

첫사랑

깜깜한 밤이었던가,
창밖에서 맨발로 울고 있는
누군가가 있었다

안쓰러운 생각에
들어오라 창문을 열고
안으로 들어오라 했지만 끝내
들어오지 않았다

다만 하얀 손을 조금
보여줄 뿐이었다.

섬

너와 나
손잡고 눈 감고 왔던 길

이미 내 옆에 네가 없으니
어찌할까?

돌아가는 길 몰라 여기
나 혼자 울고만 있네.

첫눈

요즘 며칠 너 보지 못해
목이 말랐다

어젯밤에도 깜깜한 밤
보고 싶은 마음에
더욱 깜깜한 마음이었다

몇 날 며칠 보고 싶어
목이 말랐던 마음
깜깜한 마음이
눈이 되어 내렸다

네 하얀 마음이 나를
감싸 안았다.

혼자 있는 날

아침에도 너를 생각하고
저녁에도 너를 생각하고
한낮에도 너를 생각한다

보이는 것마다 너의 모습
들리는 것마다 너의 목소리

너, 지금
어디 있느냐?

별처럼 꽃처럼

별처럼 꽃처럼 하늘에 달과 해처럼
아아, 바람에 흔들리는 조그만 나뭇잎처럼
곱게 곱게 숨을 쉬며 고운 세상 살다가리니,
나는 너의 바람막이 팔을 벌려 예 섰으마.

한 사람 건너

한 사람 건너 한 사람
다시 한 사람 건너 또 한 사람

애기 보듯 너를 본다

찡그린 이마
앙다문 입술
무슨 마음 불편한 일이라도
있는 것이냐?

꽃을 보듯 너를 본다.

떠난 자리

나 떠난 자리
너 혼자 남아
오래 울고 있을 것만 같아
나 쉽게 떠나지 못한다, 여기

너 떠난 자리
나 혼자 남아
오래 울고 있을 것 생각하여
너도 울먹이고 있는 거냐? 거기.

못나서 사랑했다

잘나지 못해서 사랑했다
사랑하지 않고서는
배길 수 없어서 사랑했다
밥을 먹어도 배가 고프고
물을 마셔도 목이 말라서
사랑했다

사랑은 밥이요
사랑은 물

바람 부는 날 바람 따라 흔들리지
않기 위해서 사랑했다
흐르는 강가에서 물 따라
흘러가지 않기 위해서
사랑했다

사랑은 공기요
사랑은 꿈
너 또한 잘난 사람 아니기에

사랑할 수밖에 없었다
못나서 안쓰럽고
안쓰러워 사랑할 수밖에 없었다
사랑하여 너는 세상에서
가장 예쁜 네가 되었다

사랑은 꽃이요
사랑은 눈물.

살아갈 이유

너를 생각하면 화들짝
잠에서 깨어난다
힘이 솟는다

너를 생각하면 세상 살
용기가 생기고
하늘이 더욱 파랗게 보인다

너의 얼굴을 떠올리면
나의 가슴은 따뜻해지고
너의 목소리 떠올리면
나의 가슴은 즐거워진다

그래, 눈 한번 질끈 감고
하나님께 죄 한번 짓자!
이것이 이 봄에 또 살아갈 이유다.

사진을 자주 찍다

내 눈빛이 닿으면
너는 살아서 헤엄치는
물고기

좋아요 좋아요
물을 거슬러
이리로 오기도 하고

싫어요 참말 싫어요
물길을 따라서
도망치기도 한다

오, 눈부신 은빛
파들파들 햇빛 속에
몸을 뒤치는 비늘이여
지느러미여.

어떤 흐린 날

어디 먼 나라에라도
여행 온 것 같아요

방파제 너머 찰싹이는 바닷물이
너의 말을 들었다

그래그래 지금 우리는 지구라는 별로
여행을 온 거란다

발밑 바람에 흔들리는 개망초꽃이
나의 말에 귀 기울였다

나 떠난 뒤에 너라도 오래 살아
부디 나를 생각해 다오

혼자서 중얼거리는 말을
너는 듣지 못했다.

너도 그러냐

나는 너 때문에 산다

밥을 먹어도
얼른 밥 먹고 너를 만나러 가야지
그러고
잠을 자도
얼른 날이 새어 너를 만나러 가야지
그런다

네가 곁에 있을 때는 왜
이리 시간이 빨리 가나 안타깝고
네가 없을 때는 왜
이리 시간이 더딘가 다시 안타깝다
멀리 길을 떠나도 너를 생각하며 떠나고
돌아올 때도 너를 생각하며 돌아온다
오늘도 나의 하루해는 너 때문에 떴다가
너 때문에 지는 해이다

너도 나처럼 그러냐?

새우 눈

너는 너의 눈이
새우처럼 구부러진 것이
늘 불만이라고 말한다

하지만 나는
너의 눈처럼 예쁜 눈이
이 세상에는 없다고 생각한다

들여다보면 너무나도
맑고 푸르고 깊은
너의 눈

퐁당! 너의 눈 속으로
뛰어들고 싶어 하는 나의
마음을 너는 모를 것이다.

하나님께

또다시 한 사람
남몰래 숨겨 놓고 생각함을
용서해 주십시오

여러 번 되풀이 드리는 말씀이지만
그는 제 마음의 등불입니다
그는 제 마음의 꽃입니다
그가 없으면 하루 한 시간도
견디기 어렵습니다
숨 쉬는 것조차 힘듭니다
그러니 어쩝니까?

그 같은 한 사람
저에게 허락하심을
감사합니다.

비밀일기 1

하나님 딱 한 번만 눈감아 주십시오

햇빛 밝은 세상에 숨 쉬고 있는 동안
이 조그만 여자 하나
가슴에 품고 살아가는 죄 하나만
용서하십시오

키가 작은 여자
눈이 작은 여자
꿈조차 작은 여자

잠시만 이 여자 사랑하다 감을 용서하소서.

비밀일기 2

나는 흰 구름에 관심이 많은 사람이라고
말을 했다

너는 자동차나 집에 더 관심이 많은 사람이라고
말을 받았다

그러면 사는 일이 고달플 텐데……
그래도 제 분수껏 잘 살아요

활짝 웃으며 대답하는 너의 얼굴이
더욱 예뻐 보였다.

지상천국

기필코 이 세상에서
천국을 보리라!
골똘히 생각하고 있을 때
네가 내 앞에 와서
웃어 주었다

그러나 그것이 끝내
또 다른 지옥인 줄을
나는 미처 알지 못한다.

나도 모르겠다

네가 웃으면
나도 따라서 웃고
네가 찡그린 얼굴이면
나도 찡그린 얼굴이 된다
네가 어두운 표정을 지으면
더럭 겁이 난다
어디 아픈 것이나 아닐까?
속상한 일이 있는 건 아닐까?

어쩌다 이리 되었는지
나도 모르겠다.

너한테 지고

어제도 너한테 지고
그제도 너한테 졌다
내 마음속엔 네가 많은데
네 마음속엔 내가 없나봐
어때? 오늘 한번
져줄 수는 없겠니?

다짐 두는 말

언제고 오늘처럼 살 수는 없는 일
언젠가는 헤어질 날도 생각해 두어야 할 일
헤어진 뒤 아픔이나 슬픔도
이겨낼 수 있어야만 한다
그날에도 네가 마음의 빛이 되고
길이 된다면 얼마나 좋을까?
스스로에게 물어본다.

한 소망

어디서 많이 들어본 말을 빌려
소망한다
저가 나에게 필요한
사람이기보다는
내가 저에게 필요한
사람이게 하소서
이 세상 끝날까지
기린과 너구리와 뱁새와
생쥐와 함께.

나무 1

너의 허락도 없이
너에게 너무 많은 마음을
주어버리고
너에게 너무 많은 마음을
뺏겨버리고
그 마음 거두어들이지 못하고
바람 부는 들판 끝에 서서
나는 오늘도 이렇게 슬퍼하고 있다
나무 되어 울고 있다.

네 앞에서 1

오늘 나는
네 앞에서 한없이
작아지고 초라해진 그 무엇

네 눈빛 하나에
불행해지기도 하고 또
행복해지기도 하는
가녀린 풀잎

네 목소리 하나에
빛을 잃기도 하고
반짝이기도 하는
가벼운 나뭇잎

도대체 너는 나에게
무엇이고
나는 너에게 무엇이냐?

적어도 오늘 너는
허물 수 없는 견고한 성곽이고
정복되지 않는 하나의
작은 왕국이다.

네 앞에서 2

이상한 일이다
네 앞에서는 이야기가
엉뚱한 방향으로 나간다
기분 좋은 이야기를 하려고 했는데
기분 나쁜 이야기가 되고
사과하는 이야기를 하고 싶었는데
화를 내는 이야기가 되고 만다
공연히 허둥대고 서둔다
내 마음을 속이고 포장하고
엉뚱한 표정을 짓고 엉뚱한 말을 한다
내가 하려던 말은 무엇이었을까?
정말로 내가 하고 싶었던 이야기를 네가
알아들을 수 있었다면 얼마나 좋을까?
이것은 참 어림도 없는 욕심이고 바람이다.

멀리

내가 한숨 쉬고 있을 때
저도 한숨 쉬고 있으리
꽃을 보며 생각한다

내가 울고 있을 때
저도 울고 있으리
달을 보며 생각한다

내가 그리운 마음일 때
저도 그리운 마음이리
별을 보며 생각한다

너는 지금 거기
나는 지금 여기.

까닭 1

꽃을 보면 아, 예쁜
꽃도 있구나!
발길 멈추어 바라본다
때로는 넋을 놓기도 한다

고운 새소리 들리면 어, 어디서
나는 소린가?
귀를 세우며 서 있는다
때로는 황홀하기까지 하다

하물며 네가
내 앞에 있음에야!

너는 그 어떤 세상의
꽃보다도 예쁜 꽃이다
너의 음성은 그 어떤 세상의
새소리보다도 고운 음악이다

너를 세상에 있게 한 신에게
감사하는 까닭이다.

약속

달빛이 있는 곳까지만 함께 가자
손가락 걸었다
풀벌레 소리 있는 곳까지
개울 물소리 나는 곳까지만 함께 가자
손가락 걸었다
끝내 마음이 있는 곳까지만
함께 가자
오늘 바로 그랬다.

하나의 신비

할 수만 있다면 받들겠습니다
그를 높이고 낮아질 수 있는 데까지
낮아지겠습니다
언제나 좋은 것으로 드리고
나쁜 것은 이쪽으로 돌리겠습니다
공손히 대하고
참을 수 있는 데까지 참겠습니다
마음속 가장 향기로운 자리에
그를 두겠습니다
순결한 마음을 갖도록 애쓰겠습니다
아, 붉은 꽃이 더욱 붉게 보이고
하얀 꽃이 더욱 하얗게 보이기 시작합니다
하나의 신비입니다
왜 진작 그걸 몰랐을까요?

부탁이야

오래가 아니야 조금
많이가 아니야 조금
네 앞에서 잠시
앉아 있고 싶어

나는 왜 내가 이렇게 되었는지
나도 잘 모르겠어

금방 보고 헤어졌는데도
보고 싶은 네 얼굴
금방 듣고 돌아섰는데도
듣고 싶은 네 목소리

어둔 하늘 혼자서 반짝이는 나는 별
외론 산길에 혼자서 가는 나는 바람

웃는 네 얼굴 조금만 보고
예쁜 목소리 조금만 듣고
이내 나는 떠나갈 거야
그렇게 해 줘 부탁이야

나는 왜 내가 이렇게 되었는지
나도 잘 모르겠어.

대답

많고 많은 대답 가운데
가장 좋은 대답은
네……

그럴 수 없이 순하고
겸손하고 더 이상 낮아질 수 없이
낮아진 대답

오늘 네가 나에게 보내준
네……
바로 그 한 마디

언젠가는 나도 너에게
그 말을 돌려주고 싶다.

져주는 사랑

사랑 가운데는
져주는 사랑이 가장 좋은 사랑이고
슬그머니 눈감아줄 줄 아는 사랑
기다릴 줄 아는 사랑이 좋은 사랑이라는데
일찍이 그런 사랑을 배우지 못했던 것이다

사랑은 어디까지나 다투는 것이고
쟁취하는 것이고 빼앗는 것이고
때로는 구걸까지도 마다하지 않는
몰염치라고 잘못 알았던 것이다

어쩔래? 많이 늦었지만
그런 사랑을 좀 가르쳐 주지 않겠니?
너에게 부탁한다.

목련꽃 낙화

너 내게서 떠나는 날
꽃이 피는 날이었으면 좋겠네
꽃 가운데서도 목련꽃
하늘과 땅 위에 새하얀 꽃등
밝히듯 피어오른 그런
봄날이었으면 좋겠네

너 내게서 떠나는 날
나 울지 않았으면 좋겠네
잘 갔다 오라고 다녀오라고
하루치기 여행을 떠나는 사람
가볍게 손 흔들듯 그렇게
떠나보냈으면 좋겠네

그렇다 해도 정말
마음속에서는 너도 모르게
꽃이 지고 있겠지
새하얀 목련꽃 흐득흐득
울음 삼키듯 땅바닥으로
떨어져 내려앉겠지.

가을의 차

찬바람 분다
차 한잔하자

따습게 우려낸 찻물로
비린 입술 적시고
고쳐서 바라보는 세상

오늘따라 너의 모습이
고와 보인다.

하나님만 아시는 일

사랑하는 사람 있지만
이름을 밝힐 수 없어요

이름을 밝히면 벌써
그 마음 변하기 때문이지요

혼자서도 떠오르는 얼굴 있지만
얼굴을 알려줄 수 없어요

얼굴을 알려주면 벌써
그 마음 사라지기 때문이지요

그것은 오직
하나님만 아시는 일이에요.

말은 그렇게 한다

너 떠난 뒤
너 없이 나
어떻게 살 것인지
모르지만

나 떠난 뒤
나 없이도 너
잘 살아라
씩씩하게 살아라

아침에 새로 피는
꽃처럼
한낮에 하늘 나는
새처럼

말은 그렇게 한다.

웃기만 한다

하나님은 나를 사랑하시고

하나님이 사랑하시는 나는
너를 사랑한다

내가 사랑하는 너는
누구를 사랑하느냐?

너는 웃기만 한다.

민낯

아버지 일찍
저세상으로 보내고 며칠
다시 출근한 어린 딸
찬물에 씻어 처연한 눈빛
약간은 파래진 입술.

보석

가질 수 없지만 갖고 싶다

주얼리 가게에 진열된
나비 모양의 귀걸이

저 귀걸이 하고 다닐
어여쁜 아이

팔랑팔랑 또 하나
나비 되어 다닐 아이

옆에 없는 네가 더 예쁘다.

그 애의 꽃나무

그 애가 예뻐졌어요
몰라보게 예뻐졌어요
내가 그 애를 사랑해줘서
그런 것만은 아니에요
나 말고도 더 많은 사람들
그 애를 사랑해줘서 그렇지요

그건 확실히 그래요
꽃나무들도 사랑받을 때
예뻐지고 가장 예쁜 꽃을 피운다 하지요
햇빛의 사랑으로
바람과 이슬과 빗방울의 사랑으로
가장 예쁜 잎을 내밀고
가장 예쁜 꽃을 피운다 하지요

그래서 그 애는 꽃나무예요
나에게 꽃나무이고
나 말고도 많은 사람들에게 꽃나무예요
우리들이 피운 그 애의 꽃
오래오래 지지 않기를 빌어요.

사랑은 비밀

그것은 언제나 비밀

한 사람과 또 한 사람의
중간 어디쯤 허공에
매달려 있는 조그만 화분
거기 자라는 이름 모를 화초

사람들에게 알려졌을 때
그것은 죽어버리고 만다

새봄도 어디까지나 비밀

겨울과 여름 사이 어디쯤
이상한 어지럼증이거나 소용돌이
아지 못할 꽃 빛깔이거나
맴돌고 있는 새소리

사람들이 눈치챘을 때
새봄은 이미 사라져버리고 만다.

문자메시지 2

머나먼 우주 공간을 가면서
외로운 별 하나가 역시
외로운 별 하나에게 소식을 전하듯
오늘도 나는 너에게
문자메시지를 보낸다

너 지금 어디서 무엇을 하고 있니?
누구랑 같이 있는 거니?
여기서 보는 하늘은 맑고
하늘엔 구름이 떴어
거기 하늘은 어때?

만나지 못하고 지내는
토요일이나 일요일 혹은
공휴일 며칠
보고 싶어서 다시는
만나지 못할 것만 같아서.

별을 사랑하여

말갛게 푸르게 개인 하늘이었다가
흰 구름이었다가 흐린 날이었다가
천둥 번개였다가 깜깜한 밤이었다가

아니, 아니
호들갑스러운 새소리였다가 명랑한 물소리였다가
나비 날개의 하느작임이었다가
바람에 몸을 뒤치는 수풀이었다가

너를 생각하면 나는
오만가지 마음으로 변하고
너를 만나면 다시
오만가지 변덕을 부리곤 한다

허지만, 허지만 말이다
너를 사랑함으로 하여
더욱 내가 순해지고 깊어지고
끝내는 구원받는 그 어떤 사람이고 싶은 것

이것이 나의 마지막 소원이기도 하다.

물고기

다릿목 위에서 한참 동안
개울을 내려다보고 있었다

봄이 와 반짝이며 흐르는 개울물
빠르게 흐르는 물살 속에 물고기들이
떼를 지어 헤엄치고 있었다

한참을 그러고 있노라니
모여 있던 물고기들이 하나씩 흩어져
상류 쪽으로 올라가고 있었다

숙아, 왜 물고기들이
저렇게 도망치는 줄 알아?
글쎄요……
그건 우리가 쳐다보고 있기 때문이야
그런 게 어딧써요……

아니야, 물고기들이 아무래도
옷 벗은 게 부끄러운 모양이야
치……

숙이는 하얗게 눈을 흘긴다
이럴 땐 숙이도 또 하나의
물고기가 된다.

숙이의 봄

봄이 와 슬프냐고 물으면
숙이는 안 그렇다고 말한다

봄이 와 가슴이 울렁거리느냐고 물으면
숙이는 살그머니 고개를 흔든다

봄이 와 울고 싶으냐고 물으면
숙이는 무심한 눈빛으로 먼 하늘을 한번 바라본다

봄이 와 슬프고 가슴이 울렁거리고
울고 싶은 사람은 나

봄이 와도 숙이는 다만
단발머리가 예쁜 아가씨.

어린 아내

날이 밝기만 하면 밭에 나가 일하는 아내
책을 읽던 손 멈추고 따라가 일을 돕네
얼마나 손이 재바르고 부지런한지 따라갈 재간 없네
쉬엄쉬엄하자 그래도 말을 잘 듣지 않고
낮달이 게으름 피우는 것 보겠다며
여치가 귀뚜라미 땅강아지가 웃을 거라며
한눈 좀 팔다 보면 저만큼 앞서 가 있네
어린 아내 앉았다 떠난 자리 아지 못할 향기 맴돌아
그 향기 쫓아가는 것만으로도 바쁘고 힘겨워
하루 종일 구름 속 헤매는 꿈만 같네.

물푸레나무 그늘 아래

꽃이 피어 있었을까?
새가 울고 있었을까?
그런 것은 몰라도 좋았다

애, 발을 좀 보여주지 않을래?
부끄러워서 싫어요

꽃이 피어 있었을까?
새가 울고 있었을까?
그런 것은 다시금 몰라도 좋았다

애, 물이 차고 맑은데 우리
개울물에 발을 좀 담그지 않을래?
그럴까요……

맑은 물 푸르게 흐르고
물푸레나무들 그늘 또한
맑고 푸르게 흐르는 개울가

네 조그만 맨발에 올망졸망 매달린
조그만 발가락들이 콩꼬투리 팥꼬투리처럼
꼬물대는 것이 너무나도 귀여워서 나는
속으로 웃음이 나왔다.

또다시 묻는 말

또다시 사랑은 무엇일까?
아무리 생각해 보아도 그것은
얼만큼 거리를 두고 바라다보는 것

그렇다! 너를
산을 바라보듯 바라보고
강물을 바라보듯 바라보고
꽃을 바라보듯 바라보는 것

그리하여 네가
산이 되게 하고
강물이 되게 하고
드디어 꽃이 되게 하는 것

때로는 네 옆에서 나도
산이 되어 보고
강물이 되어 보고
꽃이 되어 보기도 하는 것.

딸

울지 마라 아이야
아버지 일찍 떠나보내고
울고 있는 어린 딸아이보다 더
안쓰러운 모습이 어디에 있으랴
울지 마라 아이야
네가 너무 울면 아버지
가던 길 뒤돌아보느라
가지 못한단다.

아버지 1

햇빛이 너무 좋아요, 아버지
어제까지 보지 못하던 꽃들이 피었구요, 아버지

오늘 아침엔 우리 집 향나무 울타리에
이름 모를 새들이 한참 동안 울다가 갔어요

환한 대낮에는 견딜 만하다가도
아침저녁으로는 못 견디겠는 마음이에요

아침 밥상 앞에 보이지 않는 아버지를 문득 찾고요
어두워지는 대문간에 저벅저벅 발자국 소리 들어요

지금은 눈물도 그쳤구요, 아버지
그냥 보고 싶기만 할 뿐이에요.

아버지 2

왠지 네모지고 딱딱한 이름입니다

조금씩 멀어지면서 둥글어지고
부드러워지는 이름입니다

끝내 세상을 놓은 다음
사무치게 그리워지는 이름이기도 하구요

아버지, 이런 때
당신이었다면 어떻게 하셨을까요?

마음속으로 당신 음성을 기다립니다.

바로 말해요

바로 말해요 망설이지 말아요
내일 아침이 아니에요 지금이에요
바로 말해요 시간이 없어요

사랑한다고 말해요
좋았다고 말해요
보고 싶었다고 말해요

해가 지려고 해요 꽃이 지려고 해요
바람이 불고 있어요 새가 울어요
지금이에요 눈치 보지 말아요

사랑한다고 말해요
좋았다고 말해요
그리웠다고 말해요

참지 말아요 우물쭈물하지 말아요
내일에는 꽃이 없어요 지금이에요
있더라도 그 꽃은 아니에요

사랑한다고 말해요
좋았다고 말해요
당신이 오늘은 꽃이에요.

이별 예감

장마 그쳐 갠 하늘
말간 하늘 바람 불어
흰 구름이 점점 높아간다

단층집에서 2층, 3층집으로
드디어 고층아파트
대저택, 대리석 궁전으로……

그런데, 그런데 말이다
저 높은 곳에서 네가 나를 바라보고
있다면
내가 또 너를 내려다보고 있다면……

그런데, 그런데 말이다
네가 나를 끝내 알아보지 못하고
나도 너를 알아보지 못한다면……

어쩔까, 그 안타까움 어쩔까,
생각만으로도 미리
가슴 쩌릿하다.

차

차는 혼자서 마시는 것이 아니라
둘이서 마시는 것이다
차는 혼자서만 간직하는 것이 아니라
나누어 가지는 것이다

둘이서 마시더라도 가장 좋은 사람과
마주 앉아서 마시고
나누어 가지더라도 가장 좋은 사람과
나누어 가지는 것이다

마주 앉아 차를 마시고
차를 나누어 가지면서
우리의 마음도 나누어 가지는 것이 좋고
사랑도 나누어 가지는 것이 좋다는 것을 알게 된다

차를 아끼고 묵히는 일은
어리석은 일이다
마음을 아끼고 혼자서만 간직하는 것은
더욱 어리석은 일이다

겨울 지나고 봄이 오기만 하면
새롭고도 향기로운 차 새로 나오기 마련이고
시간이 지나고 날이 가면 내 앞에 있던 좋은 사람도
떠나가 빈자리 될 것을 미리 알기에 더욱 그렇다.

숲속의 인사

안녕하세요?
안녕하세요?
숲속에 들어갈 때는
명랑하게 인사를 한다

나뭇잎에게 오솔길에게
개울물에게 뻐꾸기에게
더러는 뱀이나 말벌들에게

행복하세요!
행복하세요!
숲속을 다녀올 때는
공손히 인사를 한다

굴참나무에게 호수 물에게
오리 가족에게 산들바람에게
더러는 두꺼비나 땅강아지에게.

쑥부쟁이

오늘도 너의 마음 하나
얻지 못하여 쓸쓸한 날
혼자서 산길을 가면서
가을꽃 본다

무얼 그러시나요?
살아 있는 목숨만이라도
고마운 일 아닌가요?
쑥부쟁이 연한 바다 물빛
꽃송이를 흔든다.

통화

꽃이 피어 눈처럼 날리는 날
만나기로 했던 사람
끝끝내 만나지 못하고

우리 이담에 눈이 올 때 만나요
그러다가 그렇게 말만 하다가
눈이 꽃처럼 날리는 날엔 또
만나지 못하고

겨울이 가는 길목에서
다시 고쳐서 말을 한다
꽃이 필 때 우리
만나요 다시 만나요

오가는 말 속에 꽃은
눈처럼 날리고
눈은 또 꽃처럼 날린다.

지구에서 이사 가는 날

울지 말아라
부디 울지 말아라
콧물 눈물 흘리며 어푸러지며 쓰러지며
통곡 같은 것은 더욱 하지 말아라
모퉁이 길에서 버스가 스쳐 지나가듯이
공항 같은 데서 비행기가 솟아오르듯이
손을 흔들어라
가볍게 가볍게 손을 흔들어라
다만 꽃 한 송이 꽃밭에서 졌다고 생각하라
새가 한 마리 울었다고 여겨라
이다음 이다음에
너 혼자 두고 나 지구에서 이사 가는 날
나를 두고 부디 울지 말아라.

그 아이

날마다 마음의 빛
어디서 오나?
그 아이한테서 오지

날마다 삶의 기쁨
어디서 오나?
여전히 그 아이한테서 오지

그 아이 있어
다시금 반짝이고
싱그러운 세상

그 아이에게 감사해
날마다 빛을 주고
기쁨 주는 그 아이에게 감사해.

이걸 어쩌나

하나님께 통사정해서
하루나 이틀
나아가 한 달이나 두 달
크게는 1년이나 2년
이렇게 이 땅 위에 발붙이고 사는 건데
아직도 나는 옛날에 하던 짓거리 버리지 못하고
고운 꽃이나 예쁜 여자아이들 만나면
눈길이 흔들리고
좋은 음악 들리면 가슴이 울렁거리고
저녁노을 앞에서는 눈물이 나려고 그런다
이걸 어쩌나 이걸 어쩌나
죽었다 다시 살아나서도 예전에 하던 짓
여전히 하고만 있으니
하나님 보시기 참 딱하신 일이기도 하겠다.

나무 2

언제나 그는 저만큼 서 있었다
가끔은 바람에 머리를 흔들고
새소리에 가슴이 설레고 있었다

나도 이만큼 서 있었다
그러나 바람에 머리를 흔들지 않았고
새소리에 가슴이 설레지 않았다

어느 날 그가 보이지 않았다
그때서야 나도 바람에 머리가 흔들리기 시작하고
새소리에 가슴이 설레기 시작했다

그가 내 마음속에 들어와
뿌리 내려 자라고 있었던 것이다.

여행

예쁜 꽃을 보면
망설이지 말고
예쁘다고 말해야 한다

사랑스러운 여자를 만나면
미루지 말고
사랑스럽다 말해주어야 한다

이다음에 예쁜 꽃을
다시 볼 수 있을 거라고
사랑스러운 여자를
다시 만날 수 있을 거라고
믿어서는 안 된다

우리네 하루하루
순간순간은 여행길
두 번 다시 되풀이할 수 없는
오직 한 번뿐인 여행이니까.

메별 訣別

어린 딸아
따라오지 마라
까마귀 우는 골
가파른 산길

너는 그냥 거기
꽃이 피고 새 울고
물 흐르는 그곳에
남아 있거라

에비, 에비
혼자 떠나마
눈과 바람과 얼음의
골짜기 올라

흙이 되고
모래가 되고
먼지가 되고
드디어 산이 되마

너는 거기서
산을 보고 울어라
아버지, 아버지
소리 높여 불러나 다오.

섬수국

하늘나라의 별들이
땅으로 내려왔네

멀고 먼 하늘나라
혼자서 반짝이기
너무나 외로워

땅으로 내려와
꽃이 되었네

꽃이라도 하나
둘이 아니라
여럿이 한데 모여
다발꽃이 되었네

총 총 총
별을 안은
꽃다발이 되었네.

히말라야

하늘이 되고 싶은 산

바위가 되고 싶은 집

꽃이 되고 싶은 한 아이

눈부신 하늘 미소.

쏙소리감

그…… 왜,

잎 다 지고서야
꽃이 피는 나무
있지 않더냐?

잎 다 내려놓고서야
단풍 드는 나무
있지 않더냐?

산성 길 함께 걸어가면서 네가
소스라쳐 놀라 손가락질한 나무
쏙소리감나무

눈 온 날 아침
새하얀 햇빛 너울 속
배고픈 산새들 와서
배불리
먹으라고!

꽃에 대한 감격

얼음 산, 하늘 눈물
백두산 천지 물가에
급하게 폈다가 급하게 지는
꽃들을 보았다

불의 땅, 해발 아래
데스밸리 모래밭
진한 울음으로 왔다가 가는
꽃들을 또 보았다

얼음과 사막의 세상
그것도 지구 끝장 무렵에
너는 나에게 찾아온 얼음의 꽃
그리고 불의 꽃

그 꽃에 감사하고 감격한다.

꽃 1

아무렇게나 저절로
피는 꽃은 없다

누군가의 억울함과 슬픔과
기도가 쌓여 피는 꽃

그렇다면 산도 바다도
강물도

하늘과 땅의 억울함과 슬픔과
기도로 피어나는 꽃일 것이다.

꿈처럼 오는 생각

얼른 날이 밝아 그 아이를 만나고 싶다

새우 눈과 조붓한 입술을 가진 아이
미지의 바다 풍경과 바다 냄새를
데리고 다니는 아이

새우 눈으로 더 멀리 아득한
처음 보는 것들을 보자
조붓한 입술로 바다 밑 신비스러운
이야기를 속삭여다오

매캐한 목마름 같은 것을
끝없이 불러다 안겨주는 아이
그 아이도 이런 나의 마음을 알까?

이것이 우선 오늘은 나를 살리는 힘이고
꿈처럼 오는 생각이다.

오는 봄

나쁜 소식은 벼락 치듯 오고
좋은 소식은 될수록 더디게
굼뜨게 온다

몸부림치듯, 몸부림치듯
해마다 오는 봄이 그러하다
내게 오는 네가 그렇다.

눈사람

밤을 새워 누군가 기다리셨군요
기다리다가 기다리다가 그만
새하얀 사람이 되고 말았군요
안쓰러운 마음으로 장갑을 벗고
손을 내밀었을 때
당신에겐 손도 없고
팔도 없었습니다.

밤이 깊을수록

밤이 깊을수록 쉬이 잠들지 못한다

오늘 미처 다하지 못한 일은 무엇인가?
오늘 내가 섭섭하게 대해준 사람은 누구일까?
오늘 만났던 사람 가운데 누가 제일 좋았던가?
내일 아침 나는 다시 잠에서 깨어 하루를 선물로
받을 수 있을 것인가?
오늘 만나서 좋았던 사람을 내일 다시
만날 수 있을까?

밤이 깊을수록 나는 쉬이 잠을 이루지 못한다.

기다리는 시간

기다리는 시간이 길다

번번이 조그맣고 둥그스름한 어깨
치렁한 머리칼
작지만 맑고도 깊은 눈빛은
쉽게 나타나주지 않는다

기다리는 시간은 짧아도 길다

저만큼 얼핏 눈에 익은 모습 보이고
가까이 손길 스치기만 해도
얼마나 나는 가슴 찌릿
감격해야만 했던가

혼자서 돌아가는 외로운 지구 위에서
언제나 나는 기다리는 사람
그러나 기다리며 산 시간들
촘촘하고 질기고 아름다웠다고 말하리.

은방울꽃

누군가 혼자서 기다리다
돌아간 자리
은방울꽃 숨어서
남몰래 지네

밤마다 밤마다
달빛에 머리 감고
찬란한 아침이면
햇빛에 몸을 씻고

누군가 혼자서
울다가 떠나간 자리
어여뻐라 산골 아씨
또다시 왔네.

옥잠화

장마의 늪과
소나기의 숲에서
건져 올린 수녀의 영혼

하늘 향해 길게 피워 올리는
새하얀 그리움의
나팔 소리

까닭 없이 부끄러운 마음이
거기에 산다.

선물 1

나에게 이 세상은 하루하루가 선물입니다
아침에 일어나 만나는 밝은 햇빛이며 새소리,
맑은 바람이 우선 선물입니다

문득 푸르른 산 하나 마주했다면 그것도 선물이고
서럽게 서럽게 뱀 꼬리를 흔들며 사라지는
강물을 보았다면 그 또한 선물입니다

한낮의 햇살 받아 손바닥 뒤집는
잎사귀 넓은 키 큰 나무들도 선물이고
길 가다 발밑에 깔린 이름 없어 가여운
풀꽃들 하나하나도 선물입니다

무엇보다도 먼저 이 지구가 나에게 가장 큰 선물이고
지구에 와서 만난 당신,
당신이 우선적으로 가장 좋으신 선물입니다

저녁 하늘에 붉은 노을이 번진다 해도 부디
마음 아파하거나 너무 섭하게 생각지 마셔요
나도 또한 이제는 당신에게
좋은 선물이었으면 합니다.

사랑은

사랑은
안절부절

사랑은
설레임

사랑은
서성댐

사랑은
산들바람

사랑은
나는 새

사랑은
끓는 물

사랑은
천 개 마음.

마지막 기도

더 이상 그를
사랑하지 않게 해주십시오
사랑하는 마음이 언젠가
미움의 마음으로 변할까 걱정입니다

어떤 경우에도 그를
미워하지 않게 해주십시오
그를 사랑했던 마음
오래오래 후회될까 봐 걱정입니다.

방문

바라보기만 해도 스러질 눈빛이요
입김만 스쳐도 두 귀 빨개질 부끄럼인데
손인들 어찌 잡아 줄 수 있으며
어깬들 어찌 쓸어줄 수 있으랴.

때로 사랑은

때로 사랑은 같은 느낌을 갖는다는 것
함께 땀 흘리며 같은 일을 한다는 것
정답게 손을 잡고 길을 걷는다는 것

그것에 더가 아니다

때로 사랑은 서로 말이 없이도
서로의 가슴속 말을 마음의 귀로
알아들을 수 있다는 것

그보다 더 좋을 게 없다.

들국화

바위 아래 혼자 피어 웃고 있는 들국화는
어려서 좋아했던 계집애, 이름을 잊은
흘기는 눈꼬리가 이쁘기도 했니라
옛날에 옛날에 옛날에.

2부

날마다 새날처럼
가슴 설레며

도깨비 사랑

빚을 갚고서도 또 갚는 것이
도깨비의 셈법이다
주었다는 사실조차
잊어버리는 것이 도깨비의 사랑이다

오늘 내가 너에게 주는 사랑은
도깨비 사랑
이미 준 것 잊어버리고
똑같은 것을 또다시 준다.

그 말

보고 싶었다
많이 생각이 났다

그러면서도 끝까지
남겨두는 말은
사랑한다
너를 사랑한다

입속에 남아서 그 말
꽃이 되고
향기가 되고
노래가 되기를 바란다.

짝사랑 1

그가 나를 보고 있을 때
나는 딴사람을 보고 있었고
드디어 내가 그를 보기 시작했을 때
그는 이미 나 아닌 딴 사람에게
눈길을 돌린 뒤였다.

그래서 꽃이다

나는 구름 위에 있는데
너는 구름 아래 있구나

나는 너를 보고 있는데
너는 나를 보지 못하고 있구나

어쩌면 좋으냐?
어쩌면 좋단 말이냐?

나는 울고 있는데
너는 웃고 있구나.

각성

있지도 않은 세상한테 잊혀질까 봐
전전긍긍했던 일 부끄럽다

어린 너한테까지 잊혀질까 봐
가슴 아파했던 일 우습다

까짓거

잊혀질 테면 잊혀져봐라
차라리 세상 앞에서 네 앞에서

까무러쳐버리든가
죽어 보이고 싶은 때가 있다.

붉은 꽃 한 송이

나 외롭게 살다가 떠날 지구에
너라도 있어서 얼마나 좋은지 몰라

나 쓸쓸히 지구를 떠나는 날
손 흔들어 줄 너 한 사람이라도 있어서
얼마나 감사한지 몰라

나 지구를 떠나더라도 너 오래
푸르게 예쁘게 살다가 오너라

네가 살고 있는 한 지구는
따뜻하고 푸르고 꽃이 피어나는
생명의 별

바람 부는 지구 위에 흔들리는
너는 붉은 꽃 한 송이.

또 다른 행복

그 애를 마음의 꽃으로
받아들이면서
하루도 편안할 날이 없었다

어딘가 두리번거리는
사람이 되었고
조바심하면서 기다리는
사람이 되었다

낮이면 스스로 들판에 나아가
벌 받는 나무가 되었고
밤이면 어둠 속에서
혼자 우는 꽃이 되었다

그렇다 한들 어떠랴!
그 애가 주는 불행은
또 다른 행복

숨 쉬는 사람으로
살아 있는 순간순간만 그저
기쁘고 고마울 뿐이다.

짝사랑 2

너는 조그만 호수

돌멩이 하나 던지면
퐁당 물소리 내고는
이내 입을 다물고

구름이나 바람이 오면
잠시 흐려졌다가 다시
잠잠해지는 호수

언제쯤 내 마음을
알아줄 거냐?

소망

받고 싶은 마음보다
주고 싶은 마음이 좋은 마음이다

주고 나서 이내 잊어버리고
무엇을 또 주어야 하나
찾는 마음이 좋은 마음이다

꽃을 보고서도 저것을 가져다
주었으면 하고
구름을 만나서도 저것을 데려다
주었으면 하는

그 마음 뒤에 웃고 있는 네가
있음을 나는 모르지 않는다

언제까지고 거기 너 그렇게
웃고만 있거라
예뻐 있거라.

과연 사랑이었을까

우리가 한 것이 과연 사랑이었을까?
나는 나 좋은 일만 하고
너는 너 좋은 일만 했다

우리가 나눈 것이 과연 아름다움이었을까?
나는 나 좋은 말만 하고
너는 너 좋은 말만 했다

한 번인들 우리는 한곳에 눈길을 주며
한 가지 생각을 함께한 일이
있었던가?

정녕 그렇다 한들
그것이 무슨 대수랴?

그래도 너 가다가 어둔 밤 별을 보거든
별 아래 아직도 너를 생각하는
내 마음을 생각해다오

그래도 너 살다가 밝은 낮 꽃을 만나거든
꽃 위에 너를 보고파 하는
내 얼굴을 좀 떠올려다오.

이별에게

누가 시든 꽃을
아깝다 하랴
누가 버린 꽃을
기억한다 하랴

하루 종일 외로워하며
잊어버리고
밤새도록 슬퍼하며
마음을 끊는다

잘 가라 사랑했던
한 시절의 날들이여

빛나는 눈빛만
향기로운 숨소리만 조금
남겨다오

부디 아프지 말고
여봐란듯 잘 살아라.

물봉선

화를 내면 안 되는데
안 되는데 그러면서
또 화를 내고

후회하면 안 되는데
안 되는데 그러면서
또 후회를 하고

부서진 마음 데리고
산속에 와 혼자
쪼그리고 앉아서
물봉선 본다

따가운 가을볕에 익어서
물봉선은 꽃 자줏빛
부서진 마음도 꽃 자줏빛.

1월 1일

화분에 물을 많이 주면 꽃이 시들고
사랑도 지치면 사람이 떠난다

말로는 그리하면서
억지를 부리고 고집을 세우고
뭐든 내 맘대로 해서
미안했다 네게 잘못했다

새해의 할 일은
너의 생각을 조금만 하는 것
너에게 말을 적게 하고
사랑 또한 줄이는 것

그리하여 너를 멀리멀리
놓아 보내는 일
너에게 날개를 달아주는 일

잘 가라 잘 살아라
허공에 날려 보낸
풍선을 보면서 빈다.

미루나무 본다

언제나 나는 네 앞에서
추운 사람

고백하기 어려운
그리움을 기르고 있기 때문이다

보아라 가을이 오는 길목
혼자 서 있는 들판 길의 미루나무

바람도 없는데 가들가들
몸을 흔든다

그도 분명 힘겨운 그리움을
숨겨서 기르고 있기 때문이다.

한 마디

오늘은 맑은 날
어디든 시외버스를 타고
다녀올까 그래

보낸 문자메시지에
이내 답해준 한 마디
네 어디든 잘 다녀오세요

차마 아까워 지우지 못한다.

바람 부는 지구 위에

지구는 하나, 꽃도 하나,
너는 내가 피워낸 붉은 꽃 한 송이
푸른 지구 위에 피어난 꽃이 아름답다
바람 부는 지구 위에 네가 아름답다.

너를 보았다 1

세상을 한 바퀴 돌아왔을 때
네가 기다리고 있었다

너무 늦게 만난 것이었다

너와 함께 떠날 세상이
있었다면 얼마나 좋았을까?

*

오늘도 너를 보았다

빈방에서 흐느껴 울다가 보았고
골목길 걷다가 소낙비 끝에 보았다

너는 별빛 너머 빛나는 별
꽃송이 속에 웃고 있는 꽃

더는 꿈꾸지 않아도 좋겠다.

너는 바보다

꽃을 사랑한다고 말하면서
꽃을 꺾지 마라
꽃을 밟지 마라
모든 사랑에는 금기가 있다

강물을 좋아한다 말하면서
강물에 돌 던지지 마라
쓰레기 버리지 마라
모든 사랑에는 철조망이 있다

장미꽃을 살그머니 흔들고만 가는
산들바람을 보아라
제 몸을 송두리째 담그고서도
강물에 상처내지 않는 나무를 보아라

저것이 사랑의 원본
아직도 그걸 몰랐다면
너는 바보다.

한 사람

너는 내가 보고 싶지 않았니?

너 없는 이틀 동안
너 보고 싶어 한 사람 여럿

그 가운데 나도
한 사람이었단다.

비로소

그는 내가 저를 사랑하는 줄 모르지 않는다
내가 저를 위해 오래 참고 기다리는 줄 모르지 않는다
내가 저를 두고 마음 아파하는 줄 모르지 않는다

그 모든 것을 받아 무언가 되고 싶어 했을 때
그는 비로소 꽃이 된다.

차가운 손

번번이 손이 차가워 미안합니다

그렇다고 마음까지
차가운 건 아니랍니다
오히려 마음은 뜨겁고 수줍고
자주 설레기까지 한 사람입니다

당신도 손이 차가운 사람이라고요?

그렇다면 당신도
마음이 뜨겁고 수줍고
자주 가슴이 설레는 사람이라
믿어도 되겠군요

당신의 차가운 손이 오히려 내게는
따뜻한 손입니다.

감격

숨 쉬는 것 고마워요
물 마시는 것 고마워요
그러지 못하던 때 어려운 때
있었거든요

더구나 당신 바라보고
당신 목소리 듣는 것 고마워요
그러지 못할 뻔했던 때 두려울 때
있었거든요

아직도 당신 앞에 떨리는 가슴
감격이에요.

뿐이랴

날마다 사람들 만나
유언을 하듯 이야기하고

돌아와 유서를 쓰듯
느낌을 적는다

뿐이랴!

이 세상 마지막 꽃을 보듯
너를 보는 막막한 이 슬픔!

삶

자기가 하고 싶은 일을 하면서
사는 삶이기를!

부디 다른 사람에게 비난받지 않는
그런 삶이기를!

더더욱 다른 사람에게 칭찬받는
그런 삶이기를!

나에게 빌고
너에게도 빈다.

상생

나한테 좋은 것이면
너에게도 좋고

너한테 좋은 것이면
나에게도 좋다

더 이상 해답은 없다.

사랑에 감사

얼굴이, 웃는
너의 얼굴이 세상의
전부이던 때 있었다

음성이, 맑은
너의 음성이 기쁨의
전부이던 때 있었다

돌아보아 기억하고
간직할 것은 오직
이것뿐

허무라 타박하여
물리지 말라!

말

하루 종일 버리고 버린 나의 말
사람들 가슴에 던지고 던진 나의 말

비수가 되지 않았기를
쓰레기가 되지 않았기를

더러는 조그만 꽃씨 되어
싹이 틀 수 있기를.

너를 보았다 2

사방이 황토로 발라진 방. 장작불로 달구어진 방바닥. 천장을 보고 눕자마자 갑자기 몸이 공중으로 붕 떠올랐다. 한 마리 새가 된 느낌. 비행기에 타고 있는 느낌. 엎드린 채 아래쪽을 보고 있었다. 크고 작은 산들이 마치 조개껍질처럼 내려다보이면서 그들이 물결쳐 빠르게 앞쪽으로 달려오고 있었다. 줄기줄기 산과 산의 골짜기가 환하게 들여다보였다. 얇고 하얀 구름이 그사이를 또한 빠르게 스쳐가고 있었다. 매우 투명한 세계, 어딘가에 네가 있을 것이라는 느낌이 왔다. 어딘가에 숨어서 나를 지켜보고 있다는 느낌이 들었다. 그런데 왜 나는 너를 보지 못하는 걸까? 안타까운 생각에 눈물이 나기 시작했다.

어느새 나는 어두컴컴한 실내에 들어와 있었다. 네모난 좁은 복도 사이로 네가 오고 있었다. 아니, 어여쁜 한 여자아이가 걸어오고 있었다. 정장 차림, 머리에는 선홍빛 붉은 구슬 모자를 쓰고 있었고 아청빛 치마저고리를 입고 있었다. 구슬 모자가 가늘게 떨고 있었고 옷자락이 조금 나부끼고 있었다. 모자에서도 옷에서도 빛이

쏟아지고 있었다. 그 뒤로 몇 사람의 여자들이 따르고 있었지만 그 모습은 분명하게 보이지 않았다. 맑은 음악 소리가 들리고 있었을까. 향기라도 조금 번지고 있었을까. 너를 불러야지 생각하는 사이 너의 모습은 벌써 사라지고 있었다. 아, 말을 하려고 했지만 말이 나오지 않았다. 어느새 나는 흐느껴 울고 있었다.

황홀 극치

황홀, 눈부심
좋아서 어쩔 줄 몰라 함
좋아서 까무러칠 것 같음
어쨌든 좋아서 죽겠음

해 뜨는 것이 황홀이고
해 지는 것이 황홀이고
새 우는 것 꽃 피는 것 황홀이고
강물이 꼬리를 흔들며 바다에
이르는 것 황홀이다

그렇지, 무엇보다
바다 울렁임, 일파만파, 그곳의 노을,
빠져 죽어버리고 싶은 충동이 황홀이다

아니다, 내 앞에
웃고 있는 네가 황홀, 황홀의 극치다

도대체 너는 어디서 온 거냐?

어떻게 온 거냐?

왜 온 거냐?

천 년 전 약속이나 이루려는 듯.

약속

어제는 잊혀진 약속이고
내일은 지키기 어려운 약속이다

다만 약속이 있다면 오늘
오늘의 약속은 사랑.

어린 슬픔

서리 내린 아침
눈부신 햇살 뒤집어쓴
장미 어린 꽃송이에게 묻는다

나의 시는 아직 망하지 않았는가?
나의 인생은 아직도 잘 따라오고 있는가?

외로워할 것이 없는데 외로워하고
슬퍼할 것이 없는데 슬퍼하는 것이 사랑이다
끝내 사랑할 필요가 없는데 사랑하는 것이 사랑이다

피를 물고 서 있는 붉은
어린 장미에게 말해본다.

측은지심

너는 눈썹이 예쁜 아가씨
키가 좀 작고 눈이 좀 작고
손가락 발가락이 좀 짧지만
머리칼이 치렁한 아가씨

말을 걸거나 부르면 너는
상냥한 목소리로 네, 하고 대답한다
그러나 그 네, 라는 대답이
다른 사람과는 많이 다르다

네— 길게 시원스럽게 하는 대답이 아니라
네. 짧게 반만 끊어서 하는 대답이다

무언가 많이 모자란 듯한
네. 라는 반쪽짜리 대답 속에
아쉬움이 있고
섭섭함이 있고
안쓰러움이 있다

네. 하는 짧은 반쪽짜리
너의 대답의 나머지를
채워주고 싶은 것이
언제나 나의 사랑이었다.

동백

짧게 피었다 지기에
꽃이다

잠시 머물다 가기에
사랑이다

눈보라 먼지바람 속
피를 삼킨 통곡이여.

꽃 2

다시 한번만 사랑하고
다시 한번만 죄를 짓고
다시 한번만 용서를 받자

그래서 봄이다.

꽃 3

누군가 이 시간 당신을
사랑하는 사람이 있다고 생각하면
살맛이 날 것이다

어딘가 이 시간 당신을 위해
기도하는 사람이 있다고 생각하면
더욱 살맛이 날 것이다

더구나 당신이 세상으로부터
사랑받는 사람이라고 생각한다면
드디어 당신은 꽃이 될 것이다

팡! 터져버리는 그 무엇
알 수 없는 은은한 향기, 그것은
쉬운 일이기도 하고
어려운 일이기도 하다.

꽃 4

예쁘다는 말을
가볍게 삼켰다

안쓰럽다는 말을
꿀꺽 삼켰다

사랑한다는 말을
어렵게 삼켰다

섭섭하다, 안타깝다,
답답하다는 말을 또 여러 번
목구멍으로 넘겼다

그러고서 그는 스스로 꽃이 되기로 작정했다.

사랑이 올 때

가까이 있을 때보다
멀리 있을 때
자주 그의 눈빛을 느끼고

아주 멀리 헤어져 있을 때
그의 숨소리까지 듣게 된다면
분명히 당신은 그를
사랑하기 시작한 것이다

의심하지 말아라
부끄러워 숨기지 말아라
사랑은 바로 그렇게 오는 것이다

고개 돌리고
눈을 감았음에도 불구하고.

이별 1

지구라는 별
오늘이라는 하루
두 번 다시 만나지 못할
정다운 사람인 너

네 앞에 있는 나는 지금
울고 있는 거냐?
웃고 있는 거냐?

선물 2

선물을 주고 싶다고?
선물은 필요치 않아
네 얼굴과 네 목소리와 너의 웃음이
나에겐 선물이야
너 자신이 나에겐
그 무엇과도 바꿀 수 없는
오직 하나뿐인 선물이야

네가 그걸 알기나 하는지 모르겠다.

제비꽃 사랑

감춰놓고 기르는
딸아이 보듯

너를 본다

봄은 왔느냐?
또다시 통곡처럼
봄은 오고야 말았느냐?

어미 잃은
딸아이 보듯

숨어서 너를 본다.

그런 사람으로

그 사람 하나가
세상의 전부일 때 있었습니다

그 사람 하나로 세상이 가득하고
세상이 따뜻하고

그 사람 하나로
세상이 빛나던 때 있었습니다

그 사람 하나로 비바람 거센 날도
겁나지 않던 때 있었습니다

나도 때로 그에게 그런 사람으로
기억되고 싶습니다.

별짓

어제 사서 감추어 가지고 온 귀걸이를 아침에 내밀었다
아이 뭘
쫑알대며 받아서 걸어보는 너의 귀가 조그만 나비처럼
예뻤다

점심때 함께 식사하고 나오며 네 신발을 가지런히
돌려주었다
아이 뭘
신을 신는 너의 두 발이 꼭 포유동물의 눈 못 뜬
새끼들처럼 귀여웠다

오후에 가게에서 소프트아이스크림을 사들고 뛰어와
너에게 주었다
아이 뭘
아이스크림을 베어 무는 너의 입술이 하늘붕어처럼
사랑스러웠다

아이 뭘……
내가 별짓을 다한다.

장식

애당초
못생겨서 좋아했다
뭉뚱한 키 조그만 몸집
찌뿌둥한 얼굴

귀여워서 사랑했다
맑은 이마 부드러운 볼
치렁한 머리칼

언제든 네 조그만 귀에는
새로운 귀걸이를
달아주고 싶었다

언제든 네 머리칼에는
어여쁜 머리핀을
꽂아주고 싶었다.

고백

좋은 것만 보면 무어든
네 생각이 나고
어여쁜 경치 앞에서도
네 얼굴이 떠올라

어떻게든 너에게
선물하고 싶지만
번번이 그럴 수는 없어

안달하다가 무너져 내리다가
절벽이 되고 산이 되고
끝내는 화닥화닥 불길로
타오르는 꽃나무

이것이 요즘
너를 향한 나의 마음이란다.

꽃 5

예뻐서가 아니다
잘나서가 아니다
많은 것을 가져서도 아니다
다만 너이기 때문에
네가 너이기 때문에
보고 싶은 것이고 사랑스러운 것이고 안쓰러운 것이고
끝내 가슴에 못이 되어 박히는 것이다
이유는 없다
있다면 오직 한 가지
네가 너라는 사실!
네가 너이기 때문에
소중한 것이고 아름다운 것이고 사랑스러운 것이고
가득한 것이다
꽃이여, 오래 그렇게 있거라.

너에게 감사

사랑하는 사람들 사이에서는
더 많이 사랑하는 사람이
단연코 약자라는 비밀

어제도 지고
오늘도 지고
내일도 지는 일방적인 줄다리기

지고서도 오히려
기분이 나쁘지 않고
홀가분하기까지 한 게임

사랑하는 사람들 사이에서는
더 많이 지는 사람이
끝내는 승자라는 비밀

그걸 깨닫게 해준 너에게
감사한다.

마음의 용수철

사람의 마음은 이상한 용수철 같다
감으면 풀리는 용수철이 아니라
풀어놓으면 어느 사이
저절로 감기는 그런 용수철 말이다
미워하는 마음이 그렇고
섭섭한 마음이 그렇고
슬픈 마음 외로운 마음이 그렇고
너 보고 싶은 마음이 또한 그렇다.

마음의 길

사람이 다니면 사람의 길이 생긴다
바람이 다니면 바람길이 되고
물이 다니면 물길이 열린다
쥐나 새가 오가면
쥐나 새들의 길이 생기는 것처럼
마음이 오가면
마음 길이 열린다
얘야,
제발 비켜 있지 말거라
봉숭아 꽃물 들인 손으로 가을꽃 꺾어 가슴에 안고
기다리지 않아도 좋다
빈손이라도 좋고
찡그린 얼굴이라도 좋으니
내가 찾아가는 마음 길 맞은편
허전하게 비워 두지는 말아다오.

오밤중

공연한 일을 했나 보다
문자메시지 보내놓고
자꾸만 핸드폰으로 가는 눈길
고요한 밤 시간을 그만
망쳐놓고 말았다.

카톡 1

보내도 보내지 않는다
헤어져 있어도
가까이 숨소리
놓치지 않는다

여기요 여기
나 여기 있어요
귓가에서 여전히
서성이고만 있는 너.

몽유 夢遊

못나서 좋아졌다고 했다
가여워서 사랑했다고 했다

어쩌면 좋으냐!
어쩌면 좋단 말이냐!

쉽사리 돌아서지도 못하는
절벽 앞

꿈속에서도 너를
찾아 헤맨다.

사랑에 답함

예쁘지 않은 것을 예쁘게
보아주는 것이 사랑이다

좋지 않은 것을 좋게
생각해주는 것이 사랑이다

싫은 것도 잘 참아주면서
처음만 그런 것이 아니라

나중까지 아주 나중까지
그렇게 하는 것이 사랑이다.

왼손

너는 오른손잡이
오른손으로 글씨를 쓰고
가위질을 하고 과일도 깎는다
머리를 빗기도 하고 좋은 사람과
악수도 나눈다

그러나 나는 너의 왼손을 사랑한다
우리 악수 좀 하자
우리의 악수는 오른손과 왼손으로 하는 악수
나의 오른손으로 너의 왼손을 잡아본다

내 오른손 안에 쥐어지는 보드랍고
조그맣고 따스한 너의 왼손은 차라리
조그만 산새 파들거리는 물고기
산들바람 한 줌

금방이라도 도망가려는 듯
파들거리다 몸을 뒤친다
녀석아 조금만 더 가만히 있으렴!
우리들에겐 시간이 그렇게 많은 게 아니란다.

큰일

조그만 너의 얼굴
너의 모습이
점점 자라서
지구만큼 커질 때 있다

가느다란 너의 웃음
너의 목소리가
점점 커져서
지구를 가득 채울 때 있다

이거야말로 큰일,
사랑이 찾아온 것이다.

느낌

눈꼬리가 휘어서
초승달
너의 눈은 …… 서럽다

몸집이 작아서
청사과
너의 모습은 …… 안쓰럽다

짧은 대답이라서
저녁 바람
너의 음성은 …… 섭섭하다

그래도 네가 좋다.

며칠

눈이 짓무른다는 말이
맞다

눈에 밟힌다는 말이
맞다

너 못 보고 지내는
며칠

귀에 쟁쟁쟁 울린다는 말이 또다시
맞다

소낙비 와 씻긴 돌각담
아래

채송화 봉숭아 함께 나도
울보다.

혼자만 생각했을 때

가지 마, 가지 마,
가지 마

바람이 구름을 잡고
올먹이고 있다

그냥 있어줘, 그냥 있어줘
그냥 있어줘

구름이 바람에게
통사정하고 있다

꽃들이 보고 웃는다.

멀지 않은 봄

어디에 있지?
두리번거릴 때
나 여기 있어요
곁에 와 말하곤 하던 너

어디에 있지?
중얼거릴 때
나 여기 있잖아요
숨소리로 말하곤 하던 너

바람이냐? 너는
나뭇잎이냐?
별빛이냐?

네가 만약 내 마음속
파랑새라면
이젠 가거라
가서 넓은 세상 살아라

봄이 멀지 않았다.

묻지 않는다

처음엔 언제 갈 거냐
언제쯤 떠날 거냐
조르듯 묻곤 했다

언제까지 내 곁에
있어줄 거냐, 또
따지듯 묻기도 했다

그러나 이제는
아무것도 묻지 않는다
묻지 않기로 한다

다만 곁에 있는 것만 고마워
숨소리 듣는 것만이라도
눈물겨워

저 음악 한 곡
마칠 때까지만이라고
말을 한다

커튼 자락에 겨울 햇살
지워질 때까지만이라고
또 말을 한다.

그리하여, 드디어

어찌 너의 어여쁨만
사랑한다 하겠느냐
어찌 너의 사랑스러움만
아낀다 하겠느냐

오히려 너의 모자람이
나의 아픔이 되었고
너의 실패, 너의 슬픔이
나의 사슬이 되었다

그리하여
나는 날마다 순간마다
너의 모자람을 끌어안는다
너의 실패 너의 슬픔을
나의 것으로 한다

드디어 너는
나와 하나가 된다.

태안 가는 길

오래 보고 싶겠다
오래 생각 서성이고
오래 목소리 떠오르고
오래 코끝에 향기 맴돌겠다
다시 만날 때까지
끝내 만나지 못할 때까지.

외면

얼굴이 많이 야위셨네요
며칠 사이

너의 얼굴 보지 못해 그러함을
너는 잠시 모른 척 눈을 감는다.

응답

그 애를 앞으로도 더욱
깨끗한 마음으로
사랑하게 해주십시오

기도하고 눈을 떴을 때
산마루에 높이 걸린 구름이
모양을 바꾸고 있었다

캐나다에까지 와서
하나님이 나의 기도를
들어주신 것이다.

다시 제비꽃

너를 알고 난 다음부터
눈이 작은 여자가 좋았다
키 작은 여자도 좋았다
보기만 해도 가슴이 철렁했다

짧은 봄이 오래도록 떠나지 않았다.

꽃잎

철없음이여 당당함이여
함부로 여기저기 아무렇게나
흩어진 입술들이여

니들이 말하는 것은 무엇이든
사랑이 되고 노래가 되고
영원이 되지만

때로는 죽음, 깜깜한
적막이 되기도 한다
두려운 벼랑이 되기도 한다.

이슬

사랑한다고 말하고
사랑하느냐 물어도
말이 없었다

보고 싶었다고 말하고
보고 싶었느냐 물어도
대답이 없었다

자주 생각했다고 말하고
생각이 났었느냐 물어도
여전히 대답이 없었다

다만 이슬
맑고 푸르고 고요한 두 눈에
이슬을 머금었을 뿐이다

그렇게 아이는 떠났다
떠나서 오래 소식이 없었다
그러나 생각은 떠나지 않았다

오늘 아침 새로 핀 꽃잎에
구슬로 맺혀 있는 이슬을 본다
아이가 돌아와 울고 있었던 것이다.

어린 사랑

어느 날
그 애에게 물었다

아직도 내가 너한테
필요한 사람이니?

말없이 그 애는
고개를 끄덕였다

두 눈 가득
눈물이 고여 있었다.

오리 눈뜨다

까무러쳤던 사람이 문득
정신 차려 눈을 떴을 때
흐린 눈에 비친 하늘
하늘의 드넓음
나무에 앉았다 가는 바람
바람의 시원함
휘익 빗금으로 나르는 새
깃털의 가벼움
무엇보다도 망막 가득 채워지던 햇빛
햇빛의 눈부심
오늘은 바로 너!
바다 물결로 출렁대는
다만 부드럽고도 긴 생머리칼.

가을도 저물 무렵

낙엽이 진다
네 등을 좀 빌려다오
네 등에 기대어 잠시
울다 가고 싶다

날이 저문다
네 손을 좀 빌려다오
네 손을 맞잡고 함께
지는 해를 바라보고 싶다

괜찮다 괜찮다
오늘은 이것으로 족했다
누군가의 음성을 듣는다.

후회

이담에 이담에 나는 너에게
사랑한다는 말을 너무 여러 번 한 것을
후회할 것이고

너는 한 번도 나에게
사랑한다는 말을 하지 않은 것을
후회할지도 모른다.

영산홍

네가 좀 더 보고 싶지 않아졌으면 좋겠다

바람에 부대끼다가
통째로 모가지 떨구고
모래밭에 뒹구는
붉은 꽃들의 허물

나도 너에게 좀 더 가벼운 사람이었으면 좋겠다.

그냥 약속

10년 뒤에도 우리가
이렇게 정답게 만날 수 있을까?

10년 뒤에도 네가
오늘처럼 예뻐 보일 수 있을까?

10년 뒤에도 우리가
살아서 숨 쉬는 사람일 수 있을까?

나무 아래 바람 아래
하늘과 구름 아래 오직 땅 위에서.

매니큐어

네 예쁜 손가락을 위해 반지를 사고
네 귀여운 귀를 위하여 귀걸이를 산 것처럼
네 사랑스러운 손톱과 발톱을 위해
나는 오늘 매니큐어를 사고 싶다

올해 유행하는 색깔은 깜장색
분홍이나 보라도 아니고 깜장색
에라 모르겠다
깜장색 매니큐어 한 개를 산다

깜장색 매니큐어에 갇힌 네
손톱과 발톱
암흑으로 반짝이는 네 열 개의
발톱과 손톱

너의 손톱과 발톱은 여전히
귀엽고 사랑스럽다
그만큼의 절망과 좌절과 감옥

이런 때는 까만색도
빛나는 색이 되고
희망과 기쁨의 색깔로 바뀌게 된다.

입술 1

시월,

강물이 곧바로 보이는 유리창은 너무나 밝고
내 앞에 앉아 있는 너는 너무 가깝다
분홍빛 잇몸 새하얀 이 맘껏 드러내놓은 채
웃고 있는 너는 너무 이쁘다

잘 익은 석류를 꿈꾼다
가슴이 콱 메어온다
떫은 감을 씹은 듯 가슴이 먹먹해져서
주먹으로 가슴을 치는 나를 보고 너는 또 웃는다

너의 입술은 활짝 피어 붉은 꽃
너의 입술 두 개만 남기고
나의 세상은 그만 눈을 감는다.

두고 온 사랑

두고 가세요
좋아했던 마음
그리워했던 마음
서러웠던 마음도 놓고 가세요

찾아가려 하지 마세요
꽃이 될 거예요
분꽃도 되고 봉숭아도 되고
수탉 벼슬로 붉은 맨드라미도 될 거예요

새벽잠 깨어 혼자 하늘을 바라보는
누군가의 별빛도 되겠지요
사랑하는 마음 찾아가려 하지 마세요.

사막 무지개

노래가 끝났을 때
주루룩 눈물이 흘렀다

눈물을 보이기 싫어
고개를 돌렸을 때

하늘 위에 무지개
떠서 있었다

우리 다시 만날 거예요
무지개가 말해주었다.

별 3

우리는 한 사람씩 우주 공간을 흐르는 별이다. 머언 하
늘 길을 떠돌다 길을 잘못 들어 여기 이렇게 와 있는
별들이다. 아니다. 우리는 오래전부터 서로 그리워하
고 소망했기에 여기 이렇게 한자리에서 만나게 된 별
들이다.

그러니 너와 나는 기적의 별들이 아닐 수 없다. 하늘
길 가는 별들은 다만 반짝일 뿐 서러운 마음 외로운
마음을 가지지 않는 별들이다. 그러나 우리는 순간순
간 외로워하고 서러워할 줄 아는 별들이다. 안타까워
할 줄도 아는 별들이다. 그러니 우리가 얼마나 사랑스
러운 별들이겠는가!

부디 편안한 마음으로 따뜻한 마음으로 잠시 그렇게
머물다 가기 바란다. 오직 사랑스러운 마음으로 기쁜
마음으로 내 앞에 잠시 그렇게 있다가 가기 바란다. 굳
이 재촉하지 않아도 이별의 시간은 빠르게 오고 우리
는 그 명령을 따라야만 한다. 그리하여 너는 너의 하늘
길을 가야 하고 나는 또 나의 하늘 길을 열어야 한다.

우리가 앞으로 다시 만난다는 기약은 바랄 수도 없는 일이다. 어쩌면 이것이 처음이자 마지막 만남일 수도 있겠다. 그리하여 우리는 앞으로도 오래 외롭고 서럽고 안타깝기까지 할 것이다. 부디 너 오늘 우리가 이 자리 이렇게 지극히 정답게 아름답게 만났던 일들을 잊지 말기 바란다. 오늘 우리의 만남을 기억한다면 앞으로도 많은 날 외롭고 서럽고 안타까운 순간에도 그 외로움과 서러움과 안타까움이 조금은 줄어들 것이다.

나도 하늘 길 흐르다가 멀리 아주 멀리 반짝이는 별 하나 찾아낸다면 그것이 진정 너의 별인 줄 알겠다. 나의 생각과 그리움이 머물러 그 별이 더욱 밝은 빛으로 반짝일 때 너도 나를 알아보고 나를 향해 웃음 짓는 것이라 여기겠다. 앞으로도 우리 오래도록 반짝이면서 외로워하기도 하고 서러워하기도 하자.

오늘 우리가 여기서 이렇게 헤어지고 난다면 어디서 또다시 만난다 하겠는가? 잡았던 손 뿌리치고 나면 언제 또 그 손을 잡을 날 있다 하겠는가? 너무도 사랑스럽고 어여쁜 너. 오직 기적의 별인 너. 많이 반짝이는 너의 별을 데리고 이제는 너의 길을 가라. 나도 나의 길을 가련다. 아이야, 오늘은 여기서 안녕히! 나에게도 안녕히!

칸나

어디로 가야 너를 만날 수 있을까
꽃들은 시들고
나뭇잎은 나무에서
내려오기 시작하는데

뜨락의 저 붉은 칸나
시들 때 시들지 못하는
초록빛 너른 치마
저 붉은 입술, 입술

떠날 때 떠나지 못하는
누군가의 슬픔이여
잊을 것을 잊지 못하는
안쓰러운 목숨이여

어디로 가면 너를 다시 만날 수 있을까
이 가을에 이 가을,
이 가을에.

소망

많은 것을 알기를
꿈꾸지 않는다

다만 지금, 여기
내 앞에서 웃고 있는 너

그것이 내가 아는 세상의
전부이기를 바란다.

잡은 손

잡은 손 놓지 말아요
부디 오래 잡고 있어줘요
그대 손 놓으면
그만 와르르 낭떠러지
별들이 기울어요
하르르 꽃잎이 져요
나폴나폴 꽃잎은 별들은
나비되어 땅에 떨어져요
우리 마음 둘이서
더는 날지 못해요.

찬바람 분다

올해도 아침저녁 찬바람 분다
어느새 가을?
가을이면 오래 묵은 사람과도
새로운 이야기를 해보자
마른 입술이라도 사랑의 이야기를 담아보자
아, 그때 그랬구나
그래서 그랬었구나
그러지 않아서 얼마나 다행인가
눈에 번쩍 들어오는 아침 햇빛
벗은 팔에 스치는 민망한 바람
오래 묵은 사람이 새사람이다
버린 이야기가 좋은 이야기다
정이나 당신이 그러신다면 돌아가시지요……
그런 말을 남기고 간 사람도 있었다.

그 아이

우선 조그맣다
동글 납작
보기만 해도 안쓰럽고
목소리 듣기만 해도
눈물이 글썽

목이 멘다.

마른 꽃

가겠다는 말
차마 하지 못하고

헤어지자는 말
더더욱 하지 못하고

망설이고만 있다가
더듬거리고만 있다가

차마 이루지 못한 말로
굳어지고 말았다

고개를 꺾은 채
모습 감추지도 못한 채.

작은 깨침

사랑!
예쁘지 않은 것을
예쁘게 보아줌

믿음!
믿을 수 없는 것을
의심 없이 믿어줌

기적!
일어날 수 없는 일이
분명히 일어남.

바람 부는 날

너는 내가 보고 싶지도 않니?
구름 위에 적는다

나는 너무 네가 보고 싶단다!
바람 위에 띄운다.

답답함

아무리 밥을 먹어도 배가 고프고
아무리 물을 마셔도 목이 마른다

멍하니 앉아서 하늘을 보기도 하고
바람의 말에 귀를 기울이기도 한다

내 가슴이 왜 이리 답답한 걸까?

한참 만에 네가 보고 싶어서
그런 것이란 것을 깨닫게 된다.

우정

고마운 일 있어도 그것은
고맙다는 말
쉽게 하지 않는 마음이란다

미안한 일 있어도 그것은
미안하다는 말
쉽게 하지 못하는 마음이란다

사랑하는 마음 있어도 그것은
사랑한다는 말
쉽게 하지 않는 마음이란다

네가 오늘 나한테 그런 것처럼.

인상

말랑말랑, 뭉클!

가슴이 싸아 하니
아프다가 쏨벅
번지는 눈물

세상 어디에도
없는 신기루.

끝끝내

너의 얼굴 바라봄이 반가움이다
너의 목소리 들음이 고마움이다
너의 눈빛 스침이 끝내 기쁨이다

끝끝내

너의 숨소리 듣고 네 옆에
내가 있음이 그냥 행복이다
이 세상 네가 살아 있음이
나의 살아 있음이고 존재 이유다.

환청

맑은 날 하늘에서
쏟아지는
해금의 소리

너 지금
어디에 있는 거냐?

추녀 밑 지시락에
바다 물빛 떨고 있는
붓꽃 한 송이

애타게 찾아 헤맨다.

돌담

돌담에 기대어 누군가 기다리리
끝내 오지 않는다 해도 좋으리
시든 뒤에도 떨어지지 않는 담쟁이덩굴 잎,
오지 않는다 해도 싫어지지 않는 그이기에.

내 곁에 오래

한 번도 잡아본 일이 없기에 나는
네 손을 잡고 싶다
앞으로도 잡지 않을 손이기에 나는 네 손을
내 곁에 오래 두어두고 싶다.

그리하여 사랑은

사랑은 혼자서가 아니라
둘이서 마주 어지러운 흔들림

사랑은 혼자서가 아니라
둘이서 마주 흐느끼는 울음

그리하여 사랑은 둘이서만 알고 있는
이야기가 생겨난다는 것

다른 사람들에게 들키고 싶지 않은
비밀이 하나씩 싹튼다는 것이다

사랑은 즐거움이 아니다

다만 그것은 지루한 기다림이고
혼자서만 누리는 고독의 황홀

그리하여 사랑은
스스로 선택한 고통의 날들.

3부

어느 강을 건너서
너를 만나랴

생각 속에서

자주 만나지 못해도 우리는
생각 속에서 언제나
함께 있는 사람들

동백꽃 피고 민들레꽃 피고
줄장미꽃 피었다가 지고
단풍잎 지고
눈이 날리는 그런 날에도

조금쯤
가슴은 아프겠지만.

까닭 2

나는 너에게 무엇을
줄 때만 기뻐하는 사람

나는 내가 준 것을 받고
기뻐하는 너를 보고
더욱 기뻐하는 사람

나에게 주는 기쁨을
알게 한 너에게 감사한다

내일도 너에게
줄 것이 있게 해달라고
하나님께 기도하는 까닭이다.

봄비가 내린다

봄의 들판에 내리는 비를 본 적이 있니?
들판은 결코 빗방울을 거부하지 않고
빗방울은 또 들판을 두려워하지 않는단다
빗방울은 하늘에서 훌쩍 뛰어내려
들판의 가슴에 안기고 들판은 빗방울을
부드럽게 소리 없이 받아들여 안아준단다
아니야, 하나가 되어버린단다
들판도 빗방울도 아닌 그 무엇!
그것은 내가 나를 떠나서 또 다른 내가 되고
네가 너를 떠나서 역시 또 다른 네가 되는
눈부신 매직, 떨림의 세상
그 떨림의 세상이 하나하나 들판의 새싹들을
일으켜 세우는 힘이 되는 거겠지
세상의 온갖 생명들을 존재케 하는 축복이 되는 거겠지
이제 우리의 사랑도 그리 되었으면 해.

너를 위하여

여자 너머의 여자
오로지 귀여운 아이

꽃 너머의 꽃
오로지 어여쁜 사랑

산 너머의 산
하나뿐인 조그만 믿음

내일도 또 내일도
그러하기를……

어떤 문장

보고 싶다
보고 싶었다

내 일생을 요약하는
두 줄의 문장

말하고 나면 마음이
조금 풀리고

네가 내 앞에 와
웃어주기도 했었다.

까닭 없이

왠지 섭섭한 마음
네 얼굴 오래 보지 못해
그런가……

왠지 안타까운 마음
네 목소리 오래 듣지 못해
그런가……

멍하니 생각할 때
까닭 없이 나는 쓸쓸하고 또
목이 마른다.

안쓰러움

그 몸에 그 작은 몸집에
안쓰럽게 붙어 있다

짧고 통통한 팔 끝에 조그만 손
손끝에 또 올망졸망 손가락들

뭉뚝하고 짧은 다리에 조그만 발
발끝에 또 조롱조롱 발가락들

그 얼굴에 그 조막 얼굴에
이목구비 그리고 치렁한 머리칼

안쓰럽기만 하다.

문간에서 웃다

왜 왔느냐
문간에 서 있는 네가
너무 이쁘다

문득 나타난 꽃인가
네가 웃을 때
차라리 눈을 감는다

언제든 잠시 머물다
가기 마련인 너
서둘러 떠나는 너

가거라 가서는
다시는 오지 말거라
그래도 너는 웃는다.

순간순간

순간순간
이별하면서 산다

언제 다시
만날 수 있을까 우리

큰 눈을 더욱 크게 뜨고
울먹이기도 하면서

날마다 처음이자
마지막인 목숨

사랑하는 마음 따라서
깊어지는 슬픔

순간순간 이별이
밥이고 또 술이다.

의자

결코 아름답지 않은 세상
너 한 사람으로 하여
아름다웠다

저만큼 나 다녀오는 동안 너
그 자리 지켜서 좀
기다려줄 수 있겠니?

옆얼굴

난해한 문장
무엇을 썼는지
판독하기 어렵다

무덤덤하다
때로는 두렵기도 하고
저 아이가 아니었는데……
싶기도 하다.

눈부처 1

알른알른 간지럽다
아슴아슴 보고 싶다

볼 때마다 두 눈으로
사진 찍고 찍어도
갈급한 느낌, 그 밑바닥

다시 두 눈에
눈물이 어려
무지갯빛

그렇게 너는
눈부처다.

둘이 꽃

너의 기도 속에 내가 있음을
내가 모르지 않듯이
나의 기도 속에 네가 살고 있음을
너도 또한 모르지 않을 것이다

그래서 우리는 둘이 꽃이다.

별들도 아는 일

너의 생각 가슴에 품고
너를 사랑하는 한
결코 나는 지구를 비울 수 없다

그것은 나무들이 알고
별들도 아는 일이다.

그래도 남는 마음

몸보다 마음을 더 많이
써먹고 가고 싶다

보고 싶은 마음으로 꽃을 피우고
그리운 마음으로 구름을 띄우고
안쓰러운 마음 서러운 마음으로
별들을 더욱 빛나게 하고

그러고도 남는 마음 있거든
너에게 주고 가고 싶다.

그래도

나는 네가 웃을 때가 좋다
나는 네가 말을 할 때가 좋다
나는 네가 말을 하지 않을 때도 좋다
뾰로통한 네 얼굴, 무덤덤한 표정
때로는 매정한 말씨
그래도 좋다.

부끄러움

앞으로 내민 손을
잡을 수 없어요

얼굴 마주하기
부끄러워 그렇고요
남이 볼까 그렇지요

그 대신 등 뒤로 내미는 손
잡아 드릴게요

그것이 제 믿음이고
제 마음의 표현이에요.

불평

그 애는 작은 키를 불평하고
작은 눈을 불평한다
굵은 다리를 불평하고
짧은 손가락 발가락
조그만 발을 불평한다
때로는 제 검은 머리칼까지 불평하여
갈색 물감을 칠하기도 한다
손톱과 발톱에 초록색
매니큐어를 칠하기도 한다
그러나 나는 그 애가 너무나도 이뻐서
간질간질해지는 가슴을 숨기며
짐짓 화난 표정을 짓는다
왜 그렇게 쏘아보시는 건데요?
당돌한 그 애의 한마디 말에 찔끔해지는 나
그 애가 가장 많이 불평하는 사람은 바로 나다.

파도

바위는 언제나 그 자리
그대로 있지만
파도는 저 혼자 애가 타서
거품을 물고 몰려와서는
제 몸을 부수고
산산조각으로 죽는다

오늘 너를 두고 나의 꼴이다.

곡성 가서

전화 걸었을 때
화내는 목소리 아니어서 다행이야
웃음소리 들려줘서 고마워

여기는 곡성
멀리까지 와서 푸른 바람
푸른 수풀
섬진강 물소리도 들리는 곳

네 생각 자주 오락가락
비구름 되어 산 위에 걸린다.

너 하나의 꽃

만나면 짧은 키
생동한 표정
언제나 섭섭하고

전화 걸면 네, 겨우 한 마디
그것도 잘라먹는 말투
어쩐지 짠한 마음

그래서 마음을 불러 세우는 건가?
세상에는 없는 꽃
안쓰러운 오직 너 하나의 꽃.

산행 길

미안하다
내가 너를 너무 좋아해서
귀찮게 해서 힘들었지?
나도 네가 좀 싫어졌으면 좋겠다

이것이 오늘 나의 과업
내가 올라갈 산이다.

너를 두고 1

세상에 와서
내가 하는 말 가운데서
가장 고운 말을
너에게 들려주고 싶다

세상에 와서
내가 가진 생각 가운데서
가장 예쁜 생각을
너에게 주고 싶다

세상에 와서
내가 할 수 있는 표정 가운데
가장 좋은 표정을
너에게 보이고 싶다

이것이 내가 너를
사랑하는 진정한 이유
나 스스로 네 앞에서 가장
좋은 사람이 되고 싶은 소망이다.

어설픔

끝내 길들여지지 않는
너의 수줍음
너의 어설픔

언제나 배시시 웃을 뿐인
너의 절반 웃음
그것을 사랑한다

결코 길들여지지 않기로 하는
너의 수줍음이 순결이다
한결같이 떫은 표정

너의 어설픔이 새로움이다
얘야, 부디 길들여지지 말거라
누구한테든 길들여져서는 안 된다.

함께 여행

오늘이 이 세상 마지막 날이다
하고
너를 본다

오늘이 이 세상 첫날이다
하고
너를 본다

언제나 너는 이 세상
첫 사람이고
마지막 사람

돌아오는 비행기 안에서
곤하게 잠든 너
훔쳐보기도 했단다.

핑계

못생겨서 예뻤다
못생겨서 사랑스러웠다
못생겨서 끝끝내
잊혀지지 못했다.

너를 찾는다

너 어디 있느냐?
많은 사람 속에서 너를 찾는다

너 왜 없느냐?
많은 꽃들 속에서 너를 찾는다

어디든 있고
어디든 없는 너!

사람 속에서 꽃이고
꽃 속에서 사람인 너!

너는 오늘 너무 많이 있고
너무 많이 없다.

인생

어디서 길을 잃었느냐
따져 묻지 마세요
다만 구경 좀 했을 뿐
모두가 내 탓이에요
그냥 잊어주세요.

바다 같은

날마다 봐도 좋은 바다
날마다 만나도 정다운 너
바다 같은 사람
참 좋은 내게는 너.

어여쁨

무얼 그리 빤히 바라보고
그러세요!

이쪽에서 보고 있다는 걸
안다는 말이다

제가 예쁘다는 걸
제가 먼저 알았다는 말이다.

블루실 아이스크림

울컥울컥 녹는 인생이 마냥
서럽고도 안타까워 눈물겨웠다

너와의 만남 또한
한여름 날의 눈사람

순간순간 아쉽고도 서러워 그것은
찬란하도록 눈물겨운 것이었다.

청사과

아이인가 하면
어른이고
어른인가 하면
아이다

눈길이 멈추지 않는다
마음이 떠나지 않는다
생각이 시들지 않는다

그래, 좋다
오늘은 네 앞에서
나도 아이이고
또 어른이다.

국수를 먹으며

예뻐서, 예쁘기만 해서
사랑한 것은 아니다
안쓰러워서, 때로는 밉기까지 해서
사랑한 것이다

국수, 잔치국수 국물이
뜨거워서만
목이 멘 것은 아니다

그 애와 마주 앉아
국수를 후룩후룩 소리 내며
먹던 때가 생각나서
눈물이 번지기도 한 것이다.

설렘 1

바람이 분다
설레는 마음

새가 운다
더욱 설레는 마음

저만큼 네가 웃으며 온다
설레다 못해 춤추는 마음

이렇게 설렘이 삶이다
설렘이 길이다

아니다 네가 나의 길이다
무작정 살아보는 거다.

설렘 2

그쪽의 마음이 이쪽에 와 있고
이쪽의 마음이 그쪽에 가 있는 한
둘이되 둘이 아니고
하나이되 하나가 아닌 그 무엇!

아직은 이름 없는 어린 꽃이거나
별이거나 그럴 것이다.

새초롬한

문득 낯설고 새롭다
저게 누굴까!

네 손목에 금빛 시계가 새롭고
네 귀에 달린 은빛 귀걸이가 낯설다
새초롬한 너

맨 처음 보는 사람만 같다
더욱 새초롬한 너
도대체 너는 누구냐!

가을이라도 아침이 시키는 말이다.

꽃과 별

너에게 꽃 한 송이를 준다
아무런 이유가 없다
내 손에 그것이 있었을 뿐이다

막다른 골목길을 가다가
맨 처음 만난 사람이
바로 너였기 때문이다

밤하늘의 별들을 바라본다
어둔 밤하늘에 별들이 빛나고 있었고
다만 내가 울고 있었을 뿐이다.

여행의 끝

어둔 밤길 잘 들어갔는지?

걱정은 내 몫이고
사랑은 네 차지

부디 피곤한 밤
잠이나 잘 자기를…….

떠남

언제쯤 떠날 거냐 물었을 때
그 애는 화를 냈다

언제까지 있을 거냐 물었을 때
그 애는 짜증을 부렸다

그러면서도 오래 그 애는
떠나지 않았다

그렇게 여러 해 비비추꽃 보랏빛
옥잠화 하얀빛을 함께 보았다

정작 떠날 때 그 애는 말이 없이
그냥 떠나기만 했다

떠남이 말이었고
나도 또한 별말이 없었다.

망각

보고 싶다
하루 이틀 사흘
그리고 또 몇 날

구름 위에 쓰다가
개울물 위에 쓰다가
풀잎 위에 쓰다가

봉숭아꽃이랑 분꽃이랑
채송화랑 외우다 외우다가
바장이다가

그만 잊어버리고 말았다.

비파나무

왜 여기 서 있느냐
묻지 마세요
왜 잎이 푸르고
꽃을 피웠느냐
따지지 마세요

당신이 오기 기다려
여기 서 있고
당신 생각하느라
꽃을 피웠을 뿐이에요.

겨울 장미

너를 사랑하고 나서
누구를 다시 더 사랑한다
그러겠느냐

조금은 과하게 사랑함을
나무라지 말아라
피하지 말아다오

하나밖에 없는 것이
정말로 사랑이라
그러지 않았더냐.

눈 1

왜 눈이 오는 날만
네 생각이 나는지 몰라

눈이 너라고 생각하는 것일까?
눈이 너의 마음이라고 여겨지는 것일까?

멀리서부터 오신 손님
와서는 오래 머물지도 않고 떠나는 사람

가끔 안경알 위에 내려 녹아서
눈물이 되기도 하는 하늘의 마음

그렇잖아도 어젯밤에는
네 꿈을 꾸기도 했단다.

혼자서 중얼거리네

햇빛이 너무 밝아
얘기해주고 싶은데
아무도 없네

전화 걸 만한 사람
생각해봐도 잘
떠오르지 않네

겨우 한 사람 이름 찾아내
전화를 걸었지만
그 말은 하지 못했네

햇빛이 너무 밝아
딴 나라에 온 것 같구나
혼자서 중얼거리네.

선물 3

비밀이 하나씩 늘어간다
너의 귓불에 대한 비밀
너의 손가락과
목에 대한 비밀
너의 팔목에 대한 비밀

결국은 조금씩 신뢰가
자라고 있다는 말이다
내 마음이 네 입술에 가서
살고 있을 것이라고 믿는
이 어리석음

끝내 그것을 감당하지 못한다.

선물 가게 2

너는 나의 강아지
너를 위하여
강아지 목걸이를 사고

너는 나의 장미꽃
다시 너를 위하여
장미꽃 귀걸이를 산다

그렇다면 나는 너에게
무엇이냐?

어린 봄

어린 봄은 나뭇가지 위에
새 울음 속에

더 어린 봄은
내 마음 위에

오늘도 나는 너를 바라보며
이렇게 울먹이고만 있다.

조용한 날

나는 네가 좋은데
너도 내가 좋으냐!

하늘 구름에게 말해 보고
화분의 꽃들에게도 물어본다.

제발

목숨을 달라면
선뜻 못 주겠지

그러나 네가 달라 그러면
무엇이든 줄 수 있다
하나밖에 없는 것이라도
줄 수가 있다

아직은 때가 아니니
목숨만은 제발
달라 그러지 말아다오.

허튼 말

이 세상에
나 없다고 생각해봐

그때 네가
얼마나 힘들겠어?

그때를 생각해서
미리부터 잘해둬

가끔은 허튼 말로
으름장을 놓기도 한다.

감사

살아서 숨 쉴 수 있음에 감사
너를 만날 수 있음에 감사
목소리 들을 수 있음에 또다시 감사
사랑할 수 있음에 더욱 감사

하나님한테 용서받을 수 있음에
더더욱 감사.

사랑

오래 함께 마주 앉아서
바라보는 것

말이 없어도 눈으로 가슴으로
말을 하는 것

보일 듯 말 듯 얼굴에
웃음 머금는 것

그러다가 끝내는 눈물이 돌아
고개 떨구기도 하는 것.

앵초꽃

바라보기만 해도
가슴이 아프고

생각만 해도
눈물 맺혔다

도대체 너는
어디에 숨었다가

이제야 내 앞에
나타난 것이냐……

안아보기도 서러운
내 아기 내 아씨.

찻집

부질없어라
사랑했던 마음이여
더욱 부질없어라
가슴 뛰놀던 많은 시간들, 곡절들이여

나는 지금 멀리 떨어져 나와
바다가 보이는 창가에 오직
혼자서 차를 마시는
사람일 뿐

다만 두 손안에 쥐어진
찻잔의 사기그릇
따스한 그 맨질맨질
부드러움만이 오직 친구요
위로일 따름

유리창 너머로 가로수 하나씩
나뭇잎을 떨군다
아, 나는 어디로 떨어져야 하나?

아침의 생각

하늘이 내게 그러실 리가 없다
땅이 또 내게 그러실 리가 없다
숨도 잘 쉬게 해주실 것이고
잠도 잘 깨게 해주실 것이다
분명히 좋은 하루를 마련해주실 것이다

하물며 내가 사랑하는 자
너한테서랴!

내일도

날마다 보고 싶다
다만 그립다

날마다 생각난다
안절부절

내일도 그럴 것이다
다만 잊지 않을 것이다.

여러 날

마음을 보여줄 수 없어
시를 보여주고
여러 날

마음을 다 줄 수 없어
선물을 고른다
오래오래

오해 없었으면 좋겠다.

휘청

너를 보면
볼 때마다 휘청!
비틀거린다

쓰러질 듯 쓰러질 듯
쓰러지지 않는
피사의 사탑

그런 나를 보고 너는
저의 미모에 반해서
그런 거라며 농을 놓는다

또다시 휘청!
마음속 바다가
한쪽으로 기운다.

근황

요새
네 마음속에 살고 있는
나는 어떠니?

내 마음속에 들어와
살고 있는 너는 여전히
예쁘고 귀엽단다.

첫눈 같은

멀리서 머뭇거리기만 한다
기다려도 쉽게 오지 않는다
와서는 잠시 있다가 또
훌쩍 떠난다
가슴에 남는 것은 오로지
서늘한 후회 한 조각!

그래도 나는 네가 좋다.

모를 것이다

조금은 수줍게
조금은 서툴게
망설이면서 주저하면서
반쯤만 눈을 뜨고 바라본 세상

그것이 사랑인 줄
너는 지금 모를 것이다

나중에도 또 나중까지도
알지 못할 것이다
세월이 많은 것들을
데리고 갔으므로.

시로 쓸 때마다

지구는 우주 속에서
하나밖에 없는
푸른 생명의 별

나는 또 지구 가운데서도
한국이라는 나라에 사는
시 쓰는 한 사람

너는 또 내가 사랑하여
시로 쓰기도 하는 오직
한 사람 여자

내가 시로 쓸 때마다 너는
나의 푸른 중심이 되고 끝내
우주의 중심이 되기도 한다.

야생화

마주 앉아만 있어도
열리는 풍경

생각만 해도 마음속에
흐르는 강물

두 사람 사이
두 사람 사이에

눈 감고 아무 말이 없어도
오가는 이야기

바라보기만 해도 글썽
눈물 고이던 날이 있었다.

제비꽃 옆

또다시 봄 좋은 봄
죽었다 살아난 구름
날름 혓바닥 내밀어
새하얀 솜사탕 한 점 베어 물고
오늘은 제비꽃 속으로 들어가
잠이나 청해볼까?
제비꽃은 진보랏빛
심해선 밖 바다 물빛
별빛 이불 덮고 잠이나 청해볼까?
오소소 추워라 잠이 오지 않는 밤
나도 내일엔 집 한 채 지어야겠다.

눈빛

눈빛이 달라졌다 그런다
짐스럽다 그런다
사람을 뚫고 지나가는 눈빛
사람 마음을 후비는 눈빛
더러는 사람을 끌어당기는 눈빛
가운데서도 나의 눈빛은
울면서 매달리는 눈빛
왜 안 그러겠니?
늘, 오늘 이것이 마지막이다 싶은데.

매직에 걸리다

버르장머리 없게 또 반말이다 반말
음, 음, 응……
기분이 좋아지면 더 심해지는 반말
그래도 기분이 나쁘지 않다
너의 반말은 하나의 신세계

반듯한 경어가 수직의 언어요
의사소통이요 하나의 거래라면
버르장머리 없는 반말은 수평의 언어요
감정의 공유이거나 소통, 나아가
사랑이거나 믿음이거나 감동 그 자체

그래, 그래, 네 멋대로 하려무나
음, 음, 응……
그래서, 그래, 그랬는데
너의 반말을 들으며 점점
기분이 좋아지는 나는 또 뭐냐?

찻잔에

반쯤 비어 있는 찻잔에
흰 구름을 가득 부어
마시면 어떨까?

더 많이 비어 있는 찻잔에
새소리며 바람 소리를 채워
마시면 어떨까?

일찍이 물이었던 나
바람이고 새소리이고
수풀이었던 너

점점 몸과 마음이 가벼워져서
하늘 위에 둥둥 떠오르겠지

우리들 사랑에서도
새소리가 들리고 수풀을 흔드는
바람 소리라도 들리면 어떨까.

별, 이별 1

못생긴 것이
못생긴 것이

저렇게도 못난 것이
그래서 귀엽고
사랑스럽던 것이

날마다 반짝이고 있었고
우리는 또 날마다
멀어지고 있었구나.

별, 이별 2

운명은 언제나 빗나가기 마련이지만
별은 언제나 있고 반짝이기 마련이다
구름 너머 햇빛 너머 오직 어둠에 갇혀서만
존재를 밝히기 마련인 사랑
인간의 어리석음과 뜨거움
그리고 차가움

하루만 잊고 살아도 깡그리 낯설어지고
이틀이 지나면 더욱 멀어지다가
제가 생각 내키면 언제든
칼날처럼 날카로운 눈빛으로 나타나
나 여기 있어요 왜 몰라보시는 거예요
채근하는 개구쟁이 귀여운 아이

너무나도 늦게 당도한 이브여
독충의 애벌레처럼 말랑말랑
귀여운 손가락이여 발가락들이여
한 마리 뱀처럼 재빠르고도 교활한
몸뚱아리여 사랑스러운 문신이여

올 것이 드디어 온 것이다
와야 할 것이 오는 것이다
그나저나 보지 못해서 어쩌나?
짠득한 그 목소리 듣지 못해 어쩌나?
오랫동안 나의 별은 숨조차 쉬지 못하고
어둠 속에 눈빛조차 빛내지 못할 것이다.

별, 이별 3

참 이상도 하지
네가 빵을 먹고 싶다 생각하면
내가 배가 고파져서
고대 밥을 먹었는데도
빵집에 가서 빵을 산다

금방 구워낸 빵
될수록 부드럽고 촉촉하고
향기로운 빵
네가 먹고 싶어 하는 바로 그 빵이다

참 이상도 하지
네가 멀리서 찔끔 내 생각을 조금 해주면
나는 더욱더 멀리서
네 생각을 하면서
훌쩍이기 시작한다

나의 눈물은 드디어 유리구슬
쉽게 깨어져서

사라지는 유리구슬
하늘로 날아가 하나하나
별이 된다

너의 창가에 밤마다 찾아와
반짝이는 별이 있다면 그것은 또
하나하나 나의 외로움과
눈물인 줄 알 일이다.

전화

별일 없니?
네

별일 없어?
네, 없어요

정말 별일 없니?
아무 일도 없다니까요

정말 별일 없는 거니?
네, 별일 있어요

뭔데?
자꾸 이렇게 전화 걸고 그러시는 거.

눈부처 2

내 눈 속에 네가 있고
네 눈 속에 내가 있다

호수가 산을 품고
산이 또 호수를 기르듯

네 맘속에 내가 살고
내 맘속에 네가 산다.

하루만 못 봐도

하루만 못 봐도
너 지금 어디서 뭐하고 있니?
붉은 꽃을 보고 말하고
하얀 꽃을 보고 말한다

붉은 꽃은 보고 싶은 마음
하얀 꽃은 그리운 마음
네 앞에 있는 꽃을 좀 봐
꽃 속에 내 마음이 있을 거야

너 지금 어디서 뭐하고 있니?

기도의 자리

눈물 나리
하늘의 별 하나 밤을 새워
나를 보고 반짝인다
생각해봐

눈물 나리
어딘가 나 한 사람 위해
누군가 울고 있다
생각해봐

처음부터 기도는
거기에 있었다.

미루나무

바람 부는 날에도
흔들리지 않음은
마음속에 네가 들어와
살기 때문

아니지

바람 불지 않는 날에도
혼자 몸 흔들며 울고 있는
키 큰 미루나무 한 그루
키우고 있기 때문.

스스로 선물

너를 사랑하여 나는
마음이 많이 가난해지고
때로 우울하고 슬프기까지 하다

기다리는 시간이 많아졌고
고개 숙여 혼자서 하는
생각 또한 많아졌다

그렇다 해도
그것이 정녕 그렇다 해도
어쩔 수 없는 일

아침 해가 갑자기 눈부시고
저녁에 지는 해가 문득 눈물겨워지고
아침 이슬이 더욱 맑아 보인다는 것!

그것은 보통의 일이 아니다
그것은 오로지 너를 사랑하여
스스로 받는 마음의 선물이니까.

꽃나무 아래

1
어느 강을 건너서
다시 너를 만나랴
어느 산을 넘어서
우리 다시 사랑하랴

가지 마 가지 마
꽃 피는 나무 아래
나 혼자 두고 가지 마
제발 가지 마라.

2
꽃 지는 나무 아래
내 이름 부르지 마요
가슴 아파 갈길 못 가요

누군가 또 조그만 목소리로
흥얼거리고 있다

나 같은 사람 다시는
만나지 못할 거예요
그럴 거예요.

누군가 울고 있다

누군가 울고 있다
나무 건너편
나무 더 건너편에서

산수유꽃이 폈다고
이슬비 봄비에
산수유꽃이 젖는다고

누군가 따라서 울고 있다
나무 이편
나무 더 이편에서

매화꽃이 진다고
이슬비 봄비에
지는 매화꽃도 젖고 있다고.

어린 시인에게

너를 사랑한다
너를 사랑함으로
네가 여기보다 더 좋아하는 곳으로
홀로 떠남을 허락한다

더욱 너를 사랑한다
더욱 너를 사랑함으로
네가 나보다 더 사랑하는 사람들과
더불어 살아감을 기뻐한다

한 가지 부탁은 나 없는 하늘
땅 위에서 살면서
가끔은 나도 기억해 달라는 것!

밤하늘을 우러를 때 거기
눈물 어린 별 하나 있거든
아직도 너를 사랑하는
내 마음이거니 짐작해다오.

송별 1

보고 싶어 어쩌나
그 목소리 웃음소리
듣고 싶어 어쩌나
꽃들이 모두가 너의 얼굴
새소리 물소리가
모두가 너의 음성

바람이여 바람이여
내 말을 좀 전해다오
별빛이여 별빛이여
그의 발길 비춰다오
나 여기 잘 있다고
내 말 좀 전해다오.

송별 2

그래도 마음이 있었다면
정다운 마음 좋았던 마음
때로는 그리운 마음이라도 조금 남았다면
가면서, 가면서 뒤가 돌아보아질 거야

그렇지만 말이야
가는 사람은 가는 사람이고
남는 사람은 남는 사람이란다
까닭이나 핑계가 따로 있을 수 없지

외롭고 아프고 쓸쓸한 것도 말이야
그것도 그 사람 몫일 뿐인 거란다.

벚꽃 이별

하늘 구름이 벚꽃나무에 와서 며칠
하늘 궁전이 되어서 또 며칠
부풀어 오르던 마음
세상을 다 가진 것 같은 마음
사랑이었네 그것은
나도 모르게 사랑이었네

바람 불어와 하늘 궁전 무너져 내려
꽃비인가 눈인가 날리는 마음
잘 가라 잘 살아라
나는 울어도 너는 울지 말아라
별이 되어 꽃이 되어
만날 때까지 우리 다시 그때까지.

그리고

다시는 만날 수 없다는 것
얼굴도 보지 못하고
목소리도 듣지 못한다는 것
웃으며 이야기 나누지도 못하고
음식도 함께 먹을 수 없다는 것
악수도 하지 못하고
머리칼도 쓸어줄 수 없다는 것

그리고
그리고

보고 싶은 마음도 조금씩 작아지고
생각까지도 흐려지고 말 것이라는 것
그것을 또 못내 슬퍼하는 것이다.

별것도 아닌 사랑

사랑 그것, 별것도 아니다

어색하게 손을 잡고 있을 것도 없이
다만 한자리 마주 앉아
가볍게 이야기를 나눈다든가 웃는다든가
그러다가 두 눈을 마주 보며 눈물 글썽이기도 하는 것
그보다 더 큰 것이 아니다

사랑 그것, 멀리 있는 것도 아니다

온다고 하고는 쉽게 나타나지 않는 시간
지루하게 기다리면서 가슴 조린다든가
문득 네가 문을 열고 얼굴 내밀 때
가슴 덜컥 내려앉으면서 반가운 마음
그것에 더가 아니다

혼자 길을 가다가 구름을 보았다든가
바람에 몸을 흔드는 나무를 만났다든가
빈 하늘을 그냥 멍하니 우러를 때

까닭도 없이 코허리가 찌잉해지면서
눈물이라도 번진다면 그것이야말로
가슴속에 사랑이 집을 지었다는 증거

그렇다면, 그렇다면 말이다
사랑 그것은 별것이 아닌 것도 아니다.

사랑은 혼자서

사랑은 여럿이가 아니라
혼자서 쓸쓸한 생각
저무는 저녁 해
그리고 깜깜한 어둠

사랑은 둘이서가 아니라
혼자서 푸르른 산맥
흐르는 시내
그리고 풀벌레 울음

사랑은 너와 함께가 아니라
혼자서 이루는 약속
머나먼 내일
그리고 이별과 망각.

수은등 아래

수은등 아래 스카프로 귀만 가리고
나를 기다려 주던 사람, 장갑 벗고 가만히
차고 조그만 손을 쥐어주던 사람
지금은 없네, 내게 가까이 없네.

별이 흐르듯

별이 흐르듯 바람 멈추듯
느티나무 밑에 서서 하늘을 보며
흰 구름에 그대 얼굴 새기다 눈물이 고여
나 여기 혼자 돌아감을 그대는 아실는지요…….

슬픔의 몫

만나서 누렸던 기쁨이 컸으매
헤어져 받을 슬픔의 몫이 또한 크도다
오르막길 있으면 내리막길 있음을 아느니
푸르던 이파리 병들어 떨어진다 슬퍼 말아라.

4부

꽃비 내리는 날에
다시 만나서

사진

아직도 너는
내 마음의 주인이야

쉽게는 내 마음을
떠나지 마.

카톡 2

당신
아직 나를 잊지 않으셨군요

별을 보면서
글을 보낸다구요?

반짝반짝 당신은 오늘도
나에게 별빛입니다.

재회 1

더 예뻐졌구나
반가움에

강물을 하나 네 앞에
엎을 뻔했지 뭐냐.

재회 2

이게 얼마만이냐
한번 안아보자
머리도 쓸어보자

손이 많이 작아졌구나
무슨 일 있었던 거냐?
어떻게 살았더냐!

마주 대는 볼에
흐르는 눈물
그렇게 그렇게도
보고 싶었던 거냐!

선물 4

둘만의 이야기가
시작된 것이다

둘만의 비밀이
쌓여가는 것이다.

오후의 시간

인생이 갑자기 한가해져서
구름의 속살도 보이고
바람의 얘기도 들려

내 사랑 내 자랑
어디까지 갔는지
그것까지 보일 것 같아

가다가 가다가
뒤돌아보면서
울먹이기도 하겠네.

바람 부는 날이면

바람 부는 날이면 네가
더 보고 싶었다

바람 속에 너의
향기가 있을 것 같아
바람 속에 너의
목소리가 숨은 것 같아

두리번거리며
두리번거리며
꽃이 피는 아침보다
새가 우는 저녁보다

바람 부는 날이면 언제나
네가 더욱 보고 싶었다.

그만큼

더 가까이 오지 말아라
그만큼 서 있을 때가
네가 제일 예쁜 때란다

웃는 것도 예쁘고
바람이 잠시 찾아와
네 머리칼에 앉았다
가는 것도 예쁘단다

어떠냐……
때로는 하늘 우러르고
울먹이기도 하는 나
잘 보이는 곳 또한
그만큼이 아니더냐.

낙화

억울해하지 마라 분해하지 마라
슬퍼하지도 마라
다만 때가 되어 돌아갈 뿐이다

조금은 섭섭하게 조금은 허전하게
돌아서는 너의 뒷모습
누군가 보면서 눈물 글썽인다

예쁜 모습을 보여라
흔들리는 그림자를 잡아라
돌아갈 때가 되어 돌아가는
너의 어깨를 축복할 뿐이다.

어쩌면 좋으냐

보고 싶은 것이
사랑인 줄 모르면서
사랑을 했다

목소리 듣고 싶은 것이
사랑인 줄 모르면서
사랑을 했다

그러고서 또다시 오늘
너를 보고 싶어 하고
너의 목소리 듣고 싶어 한다

이런 나를
어쩌면 좋으냐!

연인

잡은 손 놓지 말아요
마주친 눈 비끼지 말아요

그냥 있어요
그냥 거기 있어요

꽃들이 피어나고
새들이 노래해요

우리도 피어나요
우리도 웃어요.

봄이니까

조금쯤 흔들려도 괜찮겠지
(봄이니까)

조금쯤 슬퍼해도 괜찮겠지
(봄이니까)

눈부신 햇빛 아래
썰렁한 바람 속에

날리는 명주실 비단 머플러
(여전히 너는 너니까).

날씨 좋다

너는 멀리 있고
오늘 날씨 좋다
좋아도 너무 좋다

까치발만 딛어도
세계의 끝까지
보일 것 같은 날

눈만 감아도
너의 숨소리
들릴 것 같은 날

잘 살아라
멀리서도 잘 살아라
오늘은
기념하고 싶은 날이다.

별 4

다만 내가 외로웠을 때
혼자였을 때
네가 보였을 뿐이다

다만 내가 그리웠을 때
울고 있을 때
별을 떠올렸을 뿐이다

그래서 너는 오랫동안
나의 별이 되었던 것이다.

귀걸이

네 조그만 귀에
날아와 앉은
새하얀 나비
너는 그만
새하얀 나비가 되고

너의 귀여운 귀에
새롭게 피어난
분홍의 꽃송이
너는 다시
분홍의 꽃송이 되고

너를 바라보는 나도
너를 따라 새하얀
나비가 되어 보고
분홍빛 새로 핀
꽃송이 되어 본다

오늘은 5월의 한 날
맑게 날이 개인 하늘 아래
숨 쉬기도 참
좋은 날이다.

맹목

사람이 매양 눈을
뜨고는 있지만 언제나
눈을 뜨고 있는 것만은 아니다

눈을 뜨고는 있지만
눈앞에 있는 것을
보지 않을 때도 있고
다른 것들을 생각할 때도 있다
네가 내 앞에 있을 때는 더더욱

너를 보면서도 나는
꽃을 보기도 하고
강물을 보기도 하고
조그맣고도 예쁜 산을 하나
보기도 했단다

믿기지 않거든 부디
내 마음속에 들어와 보아라
너를 생각하기만 해도 화들짝
꽃밭으로 바뀌고 마는 나를
너는 만나게 될 것이다.

어디만큼 가서

나무가 많아
낙엽이 많고
낙엽이 많아
소리가 많다

낙엽과 소리 사이
속살거리는
너의 목소리

너 보고 싶어 하는
나의 마음도
잠시 기웃거린다

검고 긴 생머리카락
그 위에 찰랑대는
햇빛의 강물

어디만큼 가서

울먹이고 있느냐

울먹이고 있느냐.

향기

잘 가라 내 앞에 잠시
예쁘게 앉아 있던 꽃

가서는 잘
살아라
더 예쁘게 살아라

네가 남긴 향기만으로도 나는
가득한 사람이란다.

떠나는 너

잘 가요 내 사랑
잘 살아요 내 사랑
이곳의 일
너무 많이 생각 말고
잊으면서 살아요
버리면서 살아요.

바다

좁은 골짜기가 오히려 넓고
얕은 수심이 깊고도 부드럽다
푸르른 조망, 그 위로
세상의 온갖 소문이 모여들지만
오히려 오염되지 않는 순수가 있다
날마다 낡은 해를 데려가고
새롭고도 어린 해를 낳아주시는
모성
달도 또한 그렇게 한다.

이별 사랑

사랑한다고 언제까지나
함께 있을 수 있겠나
더 넓은 세상 더 좋은 사람
찾아서 떠나는 너
영광 있으라 평안 있으라
두 손 모아 빌고 비노라

사랑하기에 보낸다는 말
너로 하여 다시 배운다
보내는 것도 사랑이요
떠나는 것도 사랑
가서 부디 웃으며 잘 살아라
두 손 모아 빌고 비노라.

꽃구경

벚꽃 피면 꽃이 되어 다시 올게요
그 아이 내 앞에서
웃으며 이뤘던 약속

올해도 벚꽃은 피어 만발
흐드러졌는데
벌써 벚꽃들 떠날 채빈데

그 아이 온다는 소식은 없고
혼자 와서 벚꽃나무
올려다보는 날

먼 사람 약속인 양 손길인 양
벚꽃 잎 나비되어 펄펄
날려라 바람에 하늘에 날려라.

철부지 마음

마당의 달빛
혼자 두고
잠들기 아까워
방 안에서
서성서성

멀리 있는 너
보고 싶어
한낮에도
철부지 마음
서성서성.

노래로

벚꽃이 피면
벚꽃이 되어
다시 올게요
약속한 그애

다시 봄 되어
벚꽃이 피고
벚꽃이 져도
오지를 않네

차라리 내가
벚꽃나무로
그애한테로
가려고 그래

화들짝 벚꽃
피워 매달고
그애 앞에 가
서 있고 싶어.

*

그래 네가
그곳에서
벚꽃되어
서 있거라
나 여기서
까치발로
바라보마
마음의 눈
크게 뜨고
바라보마.

너를 두고 2

저녁나절에 생각한다
오늘도 무사히 일을 마치고
집으로 돌아가니 얼마나 좋은가
저녁에 집으로 돌아가
몸을 씻고 잠을 잘 수 있으니
얼마나 더 좋은가

더구나 멀리 있는 너
아무 소식도 없는 걸로 보아
아무 일도 없는 것 같으니
그 또한 얼마나 감사한 일인가
내일도 너 아무 일도 없기를!

나는 또 내일 어디로인가
새로운 세상 속으로
다시금 떠날 수 있기를
소망해본다.

호수 1

문을 열자 거기에
네가 있었다

꽃을 들고 있지는 않았지만
네가 꽃이었고
바람이 불지 않았지만
네가 바람이었다

출렁! 나는 그만
호수가 되고 말았다.

늦여름

네가 예뻐서
지구가 예쁘다

네가 예뻐서
세상이 다 예쁘다

벗은 발 예쁜 발가락
그리고 눈썹

네가 예뻐서
나까지도 예쁘다.

아리잠직

못생긴 것이
못생긴 것이
이쁘지도 않은 것이

오래도록 마음을 붙잡고
놓아주지 않는다

마음속 깊숙이 들어와
제가 아예 주인 노릇을
하려고 한다.

느낌으로

네가 혼자서
과자를 먹고 싶다고 말하면
나는 금세 과자 가게 앞에서
과자를 사는 사람이 되고

네가 다시 혼자서
아이스크림을 먹고 싶다고 생각하면
나는 다시 아이스크림 가게 앞에서
아이스크림을 사는 사람이 된다

아, 놀라워라!
너는 느낌으로 말하는 사람이고
나도 느낌으로 알아듣는 사람

땅속을 흐르는 강물이
서로를 잘 알아차리고
서로 어울려 흐르는 것처럼 말이다.

목소리 듣고 싶은 날

오늘은 내가 우울한 날
조금은 쓸쓸한 날
네 목소리라도
듣고 싶었는데
목소리 들려줘서 고마워

비가 오고 흐린 날이지만
파란 하늘빛 같은 목소리
비 맞고 새로 일어서는
풀잎 같은 목소리
들려줘서 고마워

그래 다시 나도 파하란 하늘빛이
되어 보는 거야
초록의 풀잎으로 다시
일어서 보는 거야.

해거름 녘

뜰에 피어난 꽃
너무 예뻐서
예쁘다 예쁘다
혼자 중얼거리다가

네 생각 새롭게 나서
어떻게 지내는지
전화 걸어 묻고 싶었는데
끝내 받지를 않네

다시금 뜰에 나가
꽃을 보며 니들이
예쁘다 예쁘다
중얼거리는 해거름 녘

4월 하고도 오늘은
며칠이라냐?
날마다 우리의 날들은
짧아만 지는데

너와 나는 너무 오래
만나지 못했다
너무 멀리
헤어져 있다.

금세

그러자
그렇게 하자

네가 온다니
네가 정말 온다니

지금부터 나는
꽃 피는 나무

겨울이지만
마음이 봄날이다.

호수 2

그렇게 큰
눈을 뜨다니

그렇게 맑은
눈을 뜨다니

그것도 하늘까지
담아서

내 마음까지
담아서.

손 인사

손으로 말해요
손으로 웃고
손으로 울어요

이제는 손이
말 대신이고
손이 웃음 대신이고
울음이에요

가서 거기서
잘 살아요
이제는 손이
마음이에요

우리 다시 만나요
이제 손이 사랑이고
손이 또 약속이에요.

재회 3

너
오늘 너무 예뻐서
눈으로 사진을 찍어
가슴에 보석으로
간직하려 한다

그런데 왜
내 마음은 이렇게
아프기만 한 것이냐?

재회 4

무슨 말을 해야 할지
모르겠다
마음이 떨리고
목소리가 떨려서
무슨 말을 먼저 해야 할지
모르겠다

무슨 일을 해야 할지
모르겠다
손이 떨리고
눈빛이 떨려서
무슨 일을 먼저 해야 할지
모르겠다

모처럼 만에
내게 온 너
먼 곳을 돌아서 돌아서
힘겹게 내 앞으로 온 너

예쁘다 머리를 쓰다듬어 줄까
오래 생각 잊지 않았다고
볼에 볼을 대줄까

먼 길 오느라 수고했으니
또다시 먼 길 떠날 너이니
너의 발과 다리나
오래 주물러 줄까 그러한다.

가을날 맑아

잊었던 음악을 듣는다

잊었던 골목을 찾고
잊었던 구름을 찾고
잊었던 너를 찾는다

아, 너 거기
그렇게 있어줘서
얼마나 고마운가 좋은가

나도 여기 그대로 있단다
안심해라 손을 흔든다.

계단

왜 너를
사랑해야 하는데?

나를 위해서

왜 너를
기뻐해야 하는데?

나를 위해서

왜 슬픔을
서둘러 다스려야 하는데?

그 또한 나를 위해서.

입술 2

이뻐요
반짝여요
꽃이에요

꽃이라도
꽃잎이
두 장인 꽃

마음도
붉어져요
꿈을 꿔요.

포옹

그대 오늘
머리칼 내음

내일
또 내일도

잊지
않겠습니다.

봄비

사랑이 찾아올 때는
엎드려 울고

사랑이 떠나갈 때는
선 채로 울자

그리하여 너도 씨앗이 되고
나도 씨앗이 되자

끝내는 우리가 울울창창
서로의 그늘이 되자.

만나지 못하고

가까이 왔다가
그냥 간다

돌아서
길을 돌아서라도
보고 싶었는데

못 보고 가니
많이 섭섭

그래도 다음
만날 약속 있으니
그나마 다행.

맨발

맨발을 보았다

옷 벗은 너의
전신을 보았다

맨발을 만졌다

떨리는 너의
영혼을 만졌다

샘물 위에 떨어진
두 장의 꽃잎

난바다 한가운데로
침몰하는 배.

고칠 수 없는 병

내가 너 때문에 많이 힘들어
구체적으로 무엇이 그렇다는 것이 아니라
마음으로 그래
그냥 마음으로 하염없이 구슬퍼지고
목소리 듣고 싶어지고 그래
무엇보다도 문득문득 보고 싶은 마음이 힘들어
그렇지만 어쩌겠니
그냥 거기서 너 잘 있고
나도 여기서 잘 지내길 바래
바람 불고 하늘 맑으면 더욱 멀리
보고 싶은 생각
오늘은 하늘에 떠가는 조각구름 하나하나가
모두 너로 보이는 날
끝내 이것이 내 고칠 수 없는 병이란다.

사랑은 이제

사랑은 이제
나의 일이 아니다
사랑은 이제 너의 일이다
네가 내게로 오면 사랑이고
네가 내게로 오지 않으면
그냥 사랑이 아니니까

사랑은 아주
단순하고도 쉬운 것
그러나 세상 어느 것보다도
힘들고 까다로운 것
그것은 이미 사랑이
나의 일이 아니고
너의 일이기 때문

다만 나는 오늘도
너를 기다리는 사람
언덕 위에 버려진
하나의 돌덩이

혼자서 꿈꾸고
혼자서 꽃을 피운다.

선물 아침

밤사이 눈이 내렸다
새하얀 눈
남천 붉은 잎 위에
소나무 푸른 잎 위에
크리스마스트리 같다

오늘은 선물을 보내야지
멀리 있는 아이
조그만 아이
입술이 붉은 아이
털장갑 하나
그 아이 좋아하는 양갱 한 갑

오늘같이 눈 내린 아침은
나도 누군가로부터 멀리
조그만 선물을 받고 싶은 아이
우편배달부 힘겹게 날라다주는
조그만 선물 하나 받고 싶다.

좋은 때

언제가 좋은 때냐고
누군가 묻는다면
지금이 좋은 때라고
대답하겠다

언제나 지금은
바람이 불거나
눈비가 오거나 흐리거나
햇빛이 쨍한 날 가운데 한 날

언제나 지금은
꽃이 피거나
꽃이 지거나
새가 우는 날 가운데 한 날

더구나 내 앞에
웃고 있는 사람 하나
네가 있지 않느냐.

행운

혼자 있을 때
생각나는 이름 하나
있다는 건 기쁜 일이다

이름이 생각날 때
전화 걸 수 있다는 건
다행스러운 일이다

전화 걸었을 때
반갑게 전화 받아주는
바로 그 한 사람

그 한 사람이
살면서 날마다 나의 행운
기쁨의 원천이다.

작은 마음

너 지금 어디쯤 가고 있니?
너 지금 누구하고 있니?
너 지금 무엇 하고 있니?

너 지금 어디서 누구하고
무엇을 하든지 네가
너이기 바란다
너처럼 말하고 너처럼 웃고
너를 좋아하는 사람들이랑
너처럼 잘 살기 바란다

이것이 나의 뜻
너를 사랑하는 나의
작은 마음이란다.

이별 이후

보고 싶은 마음이 정작
사랑인 줄 알지 못하고
사랑을 했다

어제도 보고 싶었고
오늘도 보고 싶고
내일은 더 보고 싶어질 너

보고 싶은 마음이
조금씩 작아지고
조금씩 고요해지기를

알아요 그 맘 내가 알아요
장맛비에도 기죽지 않고
하늘 향해 꽃대를 세운 원추리.

그러므로

너는 비둘기를 사랑하고
초롱꽃을 사랑하고
너는 애기를 사랑하고
또 시냇물 소리와 산들바람과
흰 구름까지를 사랑한다

그러한 너를 내가 사랑하므로
나는 저절로
비둘기를 사랑하고
초롱꽃, 애기, 시냇물 소리,
산들바람, 흰 구름까지를 또
사랑하는 사람이 된다.

추억

목소리 듣고 싶어서 전화했어요
그래, 그 목소리가 참 좋았다

그동안 아무 일 없었나요?
그래, 그 안부가 참 고마웠다

저를 위해서라도 건강하셔야 해요
그래, 옛날에 그런 시절도 있었다.

애인

부르기만 해도
가슴이 울렁이고
듣기만 해도 마음이
뜨끔하던 이름이 있었다

얼굴까지 붉혀지던 이름
이제는 아무렇지도 않은 게
참 이상한 일이다
나도 모를 일이다.

육아 퇴근

애기 둘 다 재우고
10시 넘어 11시 가까워
겨우 퇴근한다는 말
마음에 돌을 놓는다

그래 퇴근, 좋다
하루 종일 엄마 노릇
그 노역을 내려놓고
퇴근, 좋겠다

잘 자거라 잘 쉬거라
꿈속에서라도 혼자가 되어
훨훨 너의 동산에
맨발 벗고 뛰어놀고
하늘을 날아 구름도 되고
그러렴

내일은 또 아침
아이들 잠에서 깨면
출근해야지.

슬이의 애기

늙은 지구를 새롭게 만드는 재주를 가지고 있는 건
새싹들뿐이다
봄 되어 언 땅을 비집고 나오는 새싹들을 보라
새싹 하나하나가 이고 있는 눈부신 지구를 보라
그 지구 위에서 일 년 치의 새잎이 나오고
줄기가 생기고 꽃이 피어 씨앗도 맺힌다

늙은 사람을 새롭게 바꾸는 비밀을 알고 있는 건
새 애기들뿐이다
엊그제는 슬이가 애기를 낳아서 안고 왔었다
슬이의 항아리 배 속에서 열 달 동안 살았다 나온 녀석
새사람 그 어떤 사람보다 깨끗하고 어여쁜 사람
그 사람에게 빛나는 지구, 아름다운 내일의 신뢰가 있다

애기는 슬이의 품에 안겨서
쌔근쌔근 잠을 자고 있었다.

젊은 엄마에게

네가 있어 세상은
다시 한번 새 세상이고
날마다 하루하루는
또 새날이네

아니야 네가
안고 있는 아기가 있어
세상은 다시금
빛나는 세상인 거야

그렇지, 아기는
또 하나의 지구
또 하나의 우주
세상 모든 좋은 것들의 총합

둥글고도 부드럽게
싱그럽고도 아늑하게
고마워 고마워
너와 네 애기에게 고마워.

엄마 마음

아기가 자라면
엄마도 따라서
자라고

아기가 변하면
엄마도 따라서
변한다

아기가 웃을 때
따라서 웃는
엄마

아기가 아플 때
따라서 아픈
엄마

아기는 엄마의
조그만 호수
조그만 하늘

구름 한 점 없기를
물결 하나 없기를
손 모아 기도한다.

허둥대는 마음

네가 온다고 그러면
허둥대
왜 안 오지?
왜 안 오는 거지?
문밖으로 나갔다가
돌아왔다가 몇 번을
그렇게 해

네가 와 있는 시간 잠시
마음 편안해지다가
다시 허둥대기 시작해
왜 안 가지? 언제쯤 갈 건데?
아니 언제쯤 다시
만날 수 있을 건데?

언제나 네 앞에서는
허둥대는 마음
나도 모르겠어.

다시 초보 엄마에게

다시 초보 엄마야
안녕!

새아기에게 세상이
새롭게 눈을 뜬
세상이 새롭게
눈부시듯이

아기를 따라서
엄마의 세상도
새롭게 눈을 뜨고
새롭게 눈부신
세상이기를!

오늘만 그런 게 아니라
내일도 모레도
오래오래
그러하기를!

모를 일

만나자고 하면
잘 만나주지 않고
전화 걸어도 잘 받지 않고
카톡 보내면 대꾸도
하지 않던 그 아이
이제 그만 만나자 그러니
고개 숙이고
이제는 전화 걸지
않을 거라 말하니
눈물이 글썽
드디어 탁자 위에 뚝
한 방울 눈물
그건 또 왜 그런지
모를 일이다.

그래도

사랑했다
좋았다
헤어졌다
그래도 고마웠다

네가 나를 버리는 바람에
내가 나를 더
사랑할 수 있었다.

너 보고 싶은 날

잘 있겠지
잘 있을 거야
문득문득
네가 보고 싶어

버릇처럼
하늘 보고
구름 보고 또
마음을 들여다본다

거기
우물이라도 한 채
있을까?
청동빛 오래된 우물

구름이라도
흐를까?
바람이라도
스칠까?

너의 얼굴이라도

조금

보였음 좋겠다.

분꽃 옆에

저녁때 저녁때
꽃송이 벌어지는
분꽃나무 옆에 서면
싸아한 분꽃 내음

내가 여기 있어요
오늘도 하루해
잘 저물었군요
소식 없이 잘 살아줘서
고마워요

너의 목소리
들리지 않는
너의 숨소리
분꽃 향내인가
너의 머리칼 내음인가

눈을 감으면
더욱 은은하고
생각을 모으면 더욱 멀리
향기가 간다.

부모 마음

부모 마음이 다 그래
다른 사람 아이 아니고
내 아이기 때문에
안 그래야지 생각하면서도
생각과는 다르게 속이 상하고
말이 빠르게 나가고
끝내는 욱하는 마음

아이를 몰아세우고
아이를 나무라고
나중에 아이가 잠든 걸 보면
내가 왜 그랬을까
후회되는 마음

새근새근 곱게 잠든 모습 보면
더욱 측은한 마음
사람은 언제부터 그렇게
후회하는 마음으로 살았던가
측은한 마음으로 버텼던가

부모 마음이 다 그래
그래서 부모가 부모인 것이고
자식이 자식인 게지
그게 또 어길 수 없는
소중한 사랑이고
고귀한 약속이고 그럴 거야.

빈방

우리가 정녕 만난 일이나 있었을까?
우리가 정녕 사랑한 일이나 있었을까?
그만 한바탕 꿈을
꾼 것 같은 마음

우리가 정말 눈 마주친 일이나 있었을까?
우리가 정말 손잡은 일이나 있었을까?
누군가로부터 솜씨 좋게
속아 넘어갔다는 느낌

아무리 돌아보아도 아무것도
너와 나 사이 남겨진 것이 없어서
다만 새하얀 기억의 길만
멀리 외롭게 뻗어 있을 뿐

나 오늘 너를 이렇게
생각하며 힘들어함을
나의 방은 기억해주겠지
차라리 빈방이 고맙구나.

한 아름

바람을 안았다 하자
나무를 안았다 하자
숲을 안았다 하고
산을 안았다 하고
끝내 구름을 안았다 그러자

아차, 그것이 모두 꿈이었고
눈감은 맹목이었다 그러자

어떠냐? 그렇다 한들
좋았지 않느냐?
너에게도 그것이
사랑이 아니었더냐!

너에게도 봄

반쯤만 듣고 반쯤만 보고
나머지는 그리움으로
다시 추억으로

오늘도 너 힘들게 말하네
지금 아이 마중
나왔어요

뛰어가면서 전화를 받네
전화기 너머 자동차 소리
흐르는 바람 소리

지치지 말거라
흐린 날 미세먼지 속
너에게도 봄이다.

네가 없음

어차피 5월
창밖에 손님처럼 찾아와
서성이는 붓꽃

찰랑찰랑 물이 올라
하늘 파랑 그 너머
깊은 바다, 다시 물빛

그 위로 쏟아지는
애기똥풀꽃 빛
샛노랑 꾀꼬리 울음

모든 세상에 오직
여기 하나 없는 사람
너.

겨울에도 꽃 핀다

온다 온다 하면서도
못 온다
간다 간다 하면서도
못 간다

그래도 좋아
너는 여전히
내 마음속에 와서 살고
나도 여전히
네 마음속에 가서
살고 있을 테니까

이제 또다시 겨울
그래도 나는
꽃을 피운다
네 생각으로 순간순간
꽃을 피운다

너도 부디 꽃을 피워라
세상에는 없는 꽃
아무도 모르는 꽃
아직은 이름도 없는 꽃.

발견

눈을 떴을 때
거기 네가 있었다
그냥 별이었다
꽃이었다
반짝임 자체였다
그만 나는 무너지고 말았다
어둠이 되었다
나도 모를 일이다.

옛날 찻집

그 집에
그 사람이 있었다

그 집에
그 마음이 있었다

그 집에
그 차가 있었다

그 집에
그 추억이 있었다

아니다
그 집에 내가 있었다

오래오래
서성였다.

또 하나 사랑

너는 키가 작고 몸집이 통통하고
머리칼이 긴 아이
너를 알고 난 다음부터는
키가 작고 몸집이 통통하고
머리칼이 긴 여자아이 뒷모습만 봐도
왈칵 반가운 마음에
달려가 얼굴을 확인해 보고 싶었다
지내고 보니 그동안
내가 사랑한 것은 네가 아니고
내 마음속에 이미 들어와
살고 있는 또 다른 아이
키가 작고 몸집이 통통하고 머리칼이
긴 아이였다
그것도 앞모습이 아니라 뒷모습이었다.

셔터의 유혹

찰칵, 셔터를 누르는 순간
그 꽃은 나의 꽃이 되고

찰칵, 셔터를 누르는 순간
너는 나의 아이가 되지만

또다시 꽃을 훔치고 싶어 하고
너를 훔치고 싶어 하는 나는 누구냐?

꽃 앞에서 네 앞에서
목이 말라 허둥대는 나는 산짐승

나의 샘물은 어디쯤 있는 것이냐!

너 가다가

너 가다가
힘들거든 뒤를 보거라

조그만 내가
있을 것이다

너 가다가
다리 아프거든
뒤를 보거라

더 작아진 내가
있을 것이다

너 가다가
눈물 나거든
뒤를 보거라

조그만 점으로 내가
보일 것이다.

새벽 감성

작정한 일 없는데
새벽마다 잠이 깨어

울먹이는 마음
너를 생각해

어제도 그랬는데
오늘도 또 그래

잘 있겠지
잘 있을 거야

어제도 나에겐 너의 날
오늘도 나에겐 너의 날

기도는 거기서부터
시작이고 끝이란다.

멀리 기도

별일 아니야
다만 목소리 듣고 싶어서
전화했을 뿐이야
전화 걸면 언제나
동동거리는 목소리
아이들 밥 먹인다고
아이들 재운다고
설거지하는 중이라고
때로는 운전 중이라고
힘에 겨운 음성
이쪽에서 듣기도 힘에 겨워
그래,
다만 목소리 듣고 싶어서
전화했을 뿐이란다
이따가 시간 나면
전화한다고 그랬지만
그럴 필요는 없어
짧게라도 목소리 들었으니
그냥 그것으로 안심이야

너 부디 거기 잘 있거라
아이들이랑 너무 지치지 말고
너무 힘들어하지 말고
잘 살거라, 잘 지내거라
그것만이 바램이다
멀리 기도한다.

드라이브

꽃인가 눈인가
하늘 눈물인가
펄펄
날리는 나비
차창에 부딪는 나비

오지 않겠다고
가지 말자고
우기고 우겼지만
너한테 다시 져서 따라온
호반길 벚꽃 터널

끝내 나를 데리고 온
너의 고집이 고맙다
너를 사랑한 것을 이제는
후회하지 않아도 좋겠다.

황혼 무렵

너 떠난 후
나는 무어냐?

멍하니
서 있는 나무

길가에
버려진 돌멩이

한 번이라도 제발
돌아보아다오

이렇게 서 있는 내가
느껴지지도 않니!

산버찌나무 아래서

산버찌나무 아래서
두 눈이 마주쳤다네

산버찌나무 아래서
두 손을 잡았었다네

지금은 어른 된 나무
옛날의 키 작은 아기 산버찌,

산버찌나무 아래서 우리는
울면서 헤어졌다네.

나의 소망

별일 아냐, 다만
목소리 듣고 싶어서
전화했어

별일 아냐, 다만
너 지금 뭐하고 있나
궁금해서 전화했어

목소리 들었으니 됐어
뭐하고 있나 알았으니 됐어
오늘도 하루 잘 있기 바래
잘 견디기 바래

운이 좋으면 다시 만나기 바래
다음에도 웃으며 만나기 바래
내 소망은 거기까지야.

가을 기다림

보고 싶어도 참아야지
어쩔 수 없어
네가 올 때까지 참아야지
네가 소식 줄 때까지 참아야지

생각 속에서만 너를 만나야지
전화 줄 때까지 참아야지
그러면서 나는 조금씩 너에게로 간다
조금씩 네가 되기도 한다

꽃을 보면서 너를 만난다
나무를 보면서도 너를 만나고
바람 속에서도 너를 느낀다

아, 좋다 이 바람!
네가 보내준 것인가
바람 속에서 바다 냄새가 난다
바람 속에는 꽃의 향기가 숨었다.

꽃 필 날

내게도
꽃 필 날 있을까?
그렇게 묻지 마라

언제든
꽃은 핀다

문제는
가슴의 뜨거움이고
그리움, 기다림이다.

오지 못하는 마음

신발
신발 바닥이 많이
닳았겠다

내가 너를 기다리는 동안
너 또한 내게로 오지 못해
문밖에 서서

바장이다가
안달하다가
끝내 오지 못하는 마음

다시 신발이나
한 켤레 사서
너에게 보내줄까 그런다.

오키나와 여름

입을 대기도 전에 녹는
아이스크림 같은 인생

너무도 덧없어서
마음이 아팠다

너는 또 내 앞에서
더 빨리 녹고 있었다.

벚꽃 만개

너와 함께 꽃구경하던 날이
언제였던가

너 없이 혼자 꽃구경하던 날이
또 몇 해였던가.

우체국행

힘든데 억지로 오려고
애쓰지 마

내가 우체국 나가서
부쳐 줄게

너처럼 조그맣지만
예쁜 것들

그냥 둥글고 어리고
말랑말랑하기만 한 것들.

쪽지글

나 죽으면 울어줄 사람 위하여
이 쪽지를 남긴다

나 죽어도 오래 잊지 않을 사람 위하여
마음을 담는다

너를 만난 것이 세상에서 가장 좋았던 일
널 사랑해서 고마웠고 행복했다

나 없는 세상에서라도 너무
힘들어하지는 말아라

예쁘게 잘 살아라
하늘에서 내려다본다.

이제 사랑은

사랑할까 봐 겁난다, 너
언젠가 네가 미워질지도 모르고
헤어질지도 몰라서

미워할까 봐 겁난다, 너
미워하는 마음 옹이가 되어 내가
나를 더 미워할 것만 같아서

이제는 너
사랑하지 않는 것이
나의 사랑이란다.

그 언약

눈 오는 날 이 조그만 찻집
따뜻한 난롯가에서 다시 만납시다
언제쯤 지켜질지 모르지만, 그 언약
언제쯤 잊혀질지 모르지만, 그 언약.

꿈이었다

그건 분명 꿈이었다.
하룻밤 꿈은 잠시지만 그 꿈은 이어지고
이어져 끝이 없는 꿈이었다.
만남과 동행과 이별과 해후.
그로 인해서 새로운 꿈이 자라고 이어진다.
이 또한 축복.

어쩌면 이 꿈은 영영 깨어나지 않을 꿈이고
인생 그 자체인지 모른다.
사랑 그것인지도 모른다.

내가 세상에서 사람으로 태어나 이런 꿈을 꾸고
그것을 또 소중히 간직하는 사람이 된 것에
대해서 감사한다.

더구나 그 꿈의 터전에 시가, 그것도 많은 시가
남아준 것에 대해서 감사한다.

그럴 양이면 지나간 사랑도 부질없지 않고
소비해버린 인생 또한 허무하지 않겠다.
또다시 감사하는 마음이다.

별빛 너머의 별

1판 1쇄 발행 2023년 1월 25일
1판 6쇄 발행 2024년 7월 17일

지은이 나태주

발행인 양원석 **편집장** 정효진
디자인 남미현, 김미선 **일러스트** 이규태
영업마케팅 윤우성, 박소정, 이현주

펴낸 곳 ㈜알에이치코리아
주소 서울시 금천구 가산디지털2로 53, 20층 (가산동, 한라시그마밸리)
편집문의 02-6443-8847 **도서문의** 02-6443-8800
홈페이지 http://rhk.co.kr
등록 2004년 1월 15일 제2-3726호

ISBN 978-89-255-7706-7 (03810)

※ 이 책은 ㈜알에이치코리아가 저작권자와의 계약에 따라 발행한 것이므로
　 본사의 서면 허락 없이는 어떠한 형태나 수단으로도 이 책의 내용을 이용하지 못합니다.

※ 잘못된 책은 구입하신 서점에서 바꾸어 드립니다.

※ 책값은 뒤표지에 있습니다.